# 開洞吧男孩

A Bowl of Cherry

季安揚 輯譯

# 目錄

哈囉！好碰友 6
偷窺者的處罰遊戲 24
鄰家底敵屁屁護衛戰 46
在他汗濕的懷抱裡 66
被寵壞的手槍少年 84
身價問題 103
獸醫的私密診療 126
披薩男孩調教之夜 147
噗滋噗滋・雞密俱樂部 171
農場3P教慾講座 185

# 哈囉！好碰友

**他內褲裡結實的屁股，和那根又大又硬的陰莖，在我眼前因為飢渴正微微顫抖。身為「好碰友」，當然要好好幫他「碰一碰」……**

一九七七年五月初的一個禮拜六近午時分，那是立春以來讓人感覺到真正是春天的第一天。我在臥房裡，躺在沒有整理的雙人床上，除了一條小小的三角內褲之外，什麼都沒穿。兩扇窗子都開了一點，讓外面的微風把溫暖而新鮮的空氣吹進來。櫃子上那架黑白電視機正在播放卡通影片，但我根本就沒在看，因為我正在天人交戰，想蹺掉今天的體育課，我的理由聽起來很冠冕堂皇——媽的——我花了不少時間和汗水來鍛鍊身體，從我週末夜晚在同志酒吧裡碰到想釣我的人數算來，我蹺個一兩堂體育課實在沒什麼大不了。

想著想著，右手就伸進內褲裡面，握著我半挺的老二。我其實不是故意的，我的手就是有這種會移向胯下的習慣。有半數以上的時間，我根本自己都沒注意到。

呃，就在我差點要真正打一輪手槍的時候，突然決定蹺掉體育課，到湖邊去跑幾圈，於是我跳下床來。我說的湖叫牙買加湖，位於牙買加平原鎮。這正是我自出生以來，生活了十九年的地方，其實也算是波士頓的一部分，可是感覺上好像離波士頓有好幾光年遠。

結果，不一會我就到了湖邊，做過熱身運動，準備開跑。我真的注意到我的……我的——哎，有什麼不可以誇耀的？——我那又長又粗如義大利種馬的大屌，還有懸垂在底下那對沉重的睪丸，都被我的尼龍運動短褲緊兜在褲襠裡。

在我繞著小湖跑了四分之三圈時，我看到了諾曼——他的全名叫諾曼．波納斯基——坐在湖邊一張長椅上，穿著一件貼身的白色T恤和一條緊得好像隨時會綳裂開來的牛仔褲，看來非常性感。

諾曼跟我從小一起長大——他不是那麼機伶，可是非常非常英俊，前額很寬，一口牙齒整齊潔白，嘴唇豐厚性感，一對棕色眼睛，神色溫柔，還有一頭中分的深棕色濃密鬈髮。

至於他的身材更是漂亮，他身高超過六呎，胸部寬厚，全身是肌肉，皮膚更是全世界最光滑的——全身沒有一點瑕疵。

哦，還有他的屁股！我常在看他走過時，會幻想他光著身子，彎著腰，在健身房的更衣室裡。那裡沒有別人，只有我跪在他後面，扳開他圓鼓鼓的兩團股肉，將我的舌頭伸進他的屁眼裡。

所以如果我告訴你，他當年是我們高中的橄欖球明星，你會不會大感意外呢？不過現在我們都已經畢業了，他目前在他父親開的汽車修理廠當技師，空閒的時候還是和當年高中的哥兒們混在一起。

還是回頭來談那天下午看到諾曼的事吧。在我跑過去，看見他坐在那裡看雜誌的時候，他抬起頭來看我，臉上的表情很奇怪，好像既尷尬又相當痛苦似的。

我向他揮了揮手，跑了過去。

第二次繞回來時，他還坐在那裡，又是那副好像飽受折磨的表情抬頭看我。

所以到了第三圈時，我在他附近停了下來。等我喘過氣，也伸展了手腳身子之後，我走到他身邊。

「呃……你好，湯尼。」他說。

「嗨……你在看什麼？」

他的臉一下子紅了。他把雜誌捲了起來，說：「呃……你好，湯尼。」

「我說你在看什麼？」

「哦……沒什麼。」他說著把雜誌捲得更緊。

我把他手裡的雜誌拿了過來，打開之後翻了幾頁。那是本X級的色情雜誌，兩個男人和一個金髮波霸搞在一起。

「這是哪裡來的？」

「在我爹修車廠裡面找到的。」

我又翻了幾頁，看一看，說聲：「喔！」然後偷看他胯下一眼。他絕對勃起了。

而我覺得自己也有了相同的反應。「天啦，看這玩意不會讓你覺得想打手槍嗎？」

「會呀。」他說，一臉失望的表情。「可是他媽的史坦整天都在睡房裡唸書，這個混蛋小子。」

史坦是他的弟弟，跟他睡一個房間。是個很會讀書的好學生。

「那你就到我那裡去吧。」

你知道，我租了間一房一廳的公寓，就在我家的那條街上，不過沒問題，因為我想做什麼都可以，而且隨時可以請任何人去我那裡。

「我去沖澡的時候，房裡沒有人，你可以發洩一下，不必擔心會有人進來撞見。」

「真的？」

「當然啦，否則要朋友幹嘛？」

於是我們走到我租的地方，我興奮得發瘋，因為單是想到諾曼在我臥房裡打手槍，就讓我的老二蠢蠢欲動，開始昂挺起來了。

到了那裡之後，我從小冰箱裡拿出兩罐冰啤酒，給了諾曼一罐。

「啊，謝謝。」

「來吧。」我說著朝臥房那邊點了下頭，然後帶著他進去。

「隨便一點，不用客氣。」我指了一下，請他坐在床上。他走過去坐了下來。「還有，床底下有一條ＫＹ，可以讓你老二滑溜溜的。我告訴你，那可比口水好多了。」

「真的？」

「真的。」

我脫了球鞋、襪子、背心和運動短褲，我注意到諾曼坐在那裡，迫不及待地等我離開臥房去沖澡。

我脫光衣服之後，朝他看了一眼，他正瞪著我的胯下，我突然對我袒露的陰莖和垂在那下面的睪丸感到很不好意思，好像我真能感受到諾曼的視線在那裡逡巡。

他發現我注意到他在瞪著我看，就咳嗽一聲，掩飾地說：「你真的不在意嗎？」

「當然。」

然後我進了浴室。可是我在等熱水出來的時候，突然想到一個主意。於是我將水龍頭關上，用一條毛巾圍在腰上回到外房。

「抱歉，一秒鐘就好了。」

我繞到我的五斗櫃前，一副我完全沒注意到他的樣子，其實我看得很清楚。

他整個人都呆住了。他坐在床上，上半身往後靠在床頭板上，已經把他的牛仔褲脫到腳踝邊。他假裝在專心看雜誌，可是我知道他在等我再走出臥房。他豎起了左腿，想要擋住他因勃起而被頂得老高的白色低腰三角內褲。

我打開五斗櫃最上面的一個抽屜，拿出一根大麻菸，走到門口，正要出門時，又轉過身來對著他。

「我打算抽一支。在那樣飄飄然的時候沖澡，真是再過癮不過了，你要不要跟我一起？」我說。

「去沖澡？」

「不是，傻瓜，哈草啦。」

不過，想到諾曼赤裸的胴體擠在我旁邊迎接蓮蓬頭灑下來的水……哎，算了。

諾曼把腳移過來放在床邊，他的牛仔褲仍然纏在腳踝。我坐在他旁邊，毛巾圍在我的腰際，我的身子靠過去，越過諾曼去取放在床邊小茶几上的煙灰缸。我把煙灰缸放在我們中間，再靠過去取火柴，然後點著了大麻菸。

在我們一來一回傳遞大麻、輪流吸食的時候，兩個人都沒多說什麼。每次諾曼哈草時，我就看著他的胸部鼓突出來，緊貼著他緊身的T恤，他的兩塊胸肌越發明顯，乳頭更是挺突著抵緊了衣服，手臂上的肌肉也幾乎要讓袖口裂開似的。

我想看他的T恤會撐不住而一條一條地裂開來，最後只剩一些布條，垂掛在他高大健美的肉體上。

啊，真的，我真的有了飄飄然的感覺，我低頭看著諾曼的胯下，看到他內褲裡結實的屁股和他那根又大又硬的陰莖，以及下面那兩粒像牛似的睪丸，也都和他的胴體想掙破T恤一樣地要掙破內褲，在這個原來是高中橄欖球明星的青年體內，有一個令人難以置信的壯漢正想蛻變出來。

然後我發現我的毛巾表面看來有遮掩作用，其實反而突顯了我的性慾，因為我的陽具在我兩腿之間硬挺起來——越挺越直，就是不肯停下來。為了掩飾這點，我跳下床，把腰間的毛巾解下，擋在我胯間。

站在諾曼面前（一邊想著我的雞巴離他的嘴好近，怎麼忍得住不去想諾曼跪下來吹喇叭的樣子呢？）我說：「自己把那半支大麻抽完——好好欣賞你的雜誌吧。」

「哎，謝了。」

「不客氣。」我轉過身，露著光屁股，走出了臥房。沖澡的時候，我一直想到在我臥房裡的諾曼，覺得自己都要發瘋了。等我洗完擦乾之後，我的老二還在槓著，所以我決定到客廳裡去打手槍。

可是在經過臥房門口時，我忍不住想偷看一眼。我用濕毛巾擋在我胯下，看到諾曼把我的枕頭豎在床頭，讓自己靠在上面。褲子和鞋子都脫掉了，兩腿叉開，膝蓋彎著，硬挺的陰莖把內褲頂得好高。

在他的左邊床上丟著他那本色情雜誌和我的那管ＫＹ。

而他，正在看著我和ＫＹ一起藏在床底下的同志雜誌。那種真正三點全露的春宮照片，你知道——兩個或是三個男孩在一起，或操或吸，有各種組合和姿勢，還有細部特寫，讓我巴不得自己以後投胎轉世能變成拍這些照片的相機。我想，我剛才關照諾曼自己找KY來用的時候，忘了我還藏著這些雜誌。

「你喜歡這種東西？」諾曼用充滿驚嘆卻有些沙啞的聲音說。

「是呀，」我盡量振奮起我的同志驕傲說。你知道，雖然附近的街坊鄰居有人懷疑我是個同志，可是我從來就沒開口承認過。

他翻著雜誌，看著書裡的內容，說：「天啦——」

我走到了床邊。

「讓你很興奮嗎？」

他極快地把雜誌闔上，丟到床上，好像那本雜誌突然變得燙手似的。他把腿移過來，放在床邊，就這樣坐在床上。

「沒有……我只是……」

他伸手去拿那本雜誌，又打了開來。

「……覺得好奇怪。」

他想讓臉上的表情恢復正常，伸出左手在自己頭上拍了一掌，「老天，哈了草，人都茫得不知道自己在幹什麼了！」

「不要緊的。我是說，要是你想看男孩子吸人家大屌的照片，有什麼不可以？這並不表示你就是同性戀，只不過是思想比較開放吧，如此而已。」

「真的？」

「當然是真的。」

他翻著雜誌。這一頁上的照片是一個男的跪在地上，兩手著地，一個「朋友」在他後面，把陰莖插進他屁眼裡，另外一個「朋友」在他前面正用雞巴操他的嘴巴。

「老天。」

然後他慢慢地抬起頭來看我。

我微微一笑，讓我的毛巾落在地上，讓我深感自豪的九吋長大屌直伸在前面。

我看看他的胯間，那話兒已是硬得和石頭一樣。他的臉離我的陰莖只有兩呎遠，他瞪著我的屌，而那根肉柱抽搐著，往上翹起來。

「來，摸一下吧。」我建議道，對自己居然膽大到這樣跟他說話感到很吃驚。

他慢慢地把手伸過來，遲疑地將我的陰莖握住。

他抬眼看我，臉上充滿緊張不安的神色。

「這樣好舒服，諾曼，要是你幫我摸，我就吸你的雞巴。」

「真的？」

「真的，我敢打賭，你從來沒在哈草之後讓人幫你吹過喇叭。喔，你不知道那有多爽。」其實我想諾曼這輩子也沒給人吹過。

「嗯。」諾曼對我的話不予置評。

他握著我的陽具不動，所以我慫恿：「來嘛，幫我打手槍，不會傷著你的。」

於是諾曼開始撫弄我的陰莖，他的動作既笨拙又沒節奏感，但仍然讓我覺得很舒服，我全身赤條條地站在那裡，低頭看這個祖籍是波蘭的壯漢，一根大屌正撐在內褲裡。我看到他的陽物從褲腰探出頭來，馬眼微張，好像對究竟發生了什麼事感到好奇，一顆晶瑩的水珠冒了出來，讓我知道他正大感興奮。

「嗨，諾曼，你可憐的雞巴被壓在那裡了，想必很不舒服吧。」

我伸手下去，把兩手放在他兩邊腰上，抓住褲腰往下拉。他放開了我的陰莖，兩手撐著床，抬高臀部，讓我把他的內褲拉到腳踝邊。我跪了下來，在他合作之下，先抬起他一條腿，再抬起他另外一條腿，把他的內褲脫下來，丟在地上。

「現在你只要躺好，諾曼，好好享受你的草。」

「真的沒有關係嗎？」

「當然啦，現在把你的T恤脫掉，躺下。」

他聽命行事。我爬到床上，到了他兩腿之間，諾曼把兩手枕在腦後望著我。

他粗壯的兩腿分開，我跪在中間，坐在自己的腳上。我真不敢相信我會這麼幸運，大麻讓我亢奮，我的陰莖硬挺著，同時感覺到我坐在腳上的兩股微微撐開。

我的世界就在諾曼分開的兩腿之間。圍住我的那兩條腿，皮膚平滑、肌肉結實，上面有一層像絲般光滑的棕色毛髮。他從上面往下看，直直地盯著我，他這份專注，就是我這小世界的光，而我世界的中心就是他的胯間。

我向前俯過身去，仔細看他的陰莖和睪丸。他那蒼白粗大的陰莖不像先前那麼硬，微向左側，沉重地靠在他大腿上，垂在下面的是兩粒很大的睪丸，在他帶著粉紅色，十分光滑的陰囊裡——又大又圓，像棒球一樣。

一叢濃密的深棕色陰毛生長在他陰莖上方，和他雪白而毫無瑕疵的皮膚形成戲劇化的強烈對比。再過去一點的地方，我慢慢地看他腹部結實糾結的肌肉，再往上是他寬厚的胸膛，兩塊幾乎一模一樣的胸肌分列左右，兩邊都有硬幣大的乳暈和突起的乳頭。兩邊胸肌都很光滑，只有中間一絲胸毛，更強調出性感的吸引力。

我的視線和他的眼光交會在一起，他正在看著我。我一面正視著他的兩眼，感覺到我這樣大膽不免有點危險；一面往前俯倒，用兩手按住床來維持平衡。我張開嘴來，伸出舌頭，引著他粗重肥大的陰莖進入我飢渴的嘴裡。

我聽見頭上傳來諾曼猛地倒吸了一口氣。

我看著他，在他臉上可以清楚看到嘴巴和他的雞巴接合所帶來的極樂與狂喜。同時，我的右手握住了我自己的陽具。在我腦子裡，我們兩人的陰莖像一對好兄弟，正在共享一段快樂時光。

然後他閉上眼睛，頭往後仰，我也閉起了眼睛。現在我的嘴成了我的世界，我的世界裡充滿了他現在已經完全挺硬的粗大陰莖，我將嘴唇含住他的陰莖往下滑去，一直到我感覺到他的龜頭抵住了我的喉嚨口，我再往下壓去，聽到他的呻吟聲，而他的龜頭滑進了我的喉嚨裡。

接著我退了回來，一直到只剩他的龜頭還留在我嘴裡，用我的舌頭逗弄著他的馬眼。他又發出呻吟，慢慢地將頭向兩邊擺動，這只更吸引我去舔弄他的馬眼。

然後，在非常美妙的一段漫長時間裡，我用緩慢而穩定的動作吮吸他的陰莖，享受他那又硬又粗的肉柱在我嘴裡進出的感覺，還有他的龜頭在我喉間抽送。

他的呻吟聲越來越大，也越急促。他收緊了臀股的肌肉，將他的小腹向上挺舉。不知道這是不是人的本能，在快要到達高潮時就會往前衝刺。

我加快了吮吸的動作，像這樣往前俯著身子，屁股往後翹起，我袒露的屁眼因興奮而發癢，不過在目前能這樣就很滿足了，將來再想辦法讓諾曼擦上潤滑劑的陰莖到那裡去好好地待一陣——我想你知道我這話是什麼意思。

我聽到他從肚腹深處發出一聲長長的叫聲：「啊——啊啊！」聲音由諾曼喉間逸出，我知道他馬上就要出來了。

他的叫聲越來越大，頭猛烈地向兩邊晃動，我拚命用力地吸著，最後他射了出來，一波又一波滾燙的精液強而有力地直射進我的嘴裡。他整個身子都因為無法忍受的強烈快感而抖動，我的嘴能始終含住他的陰莖也是一大考驗。在我腦海裡，浮現了一個牛仔騎著一匹未馴野馬的畫面，我就像那緊抓韁繩的牛仔一樣拚命。

等我把他所有的精液全由他的雞巴裡吸出來了之後，感覺到他也放鬆下來，比較平靜了，於是我跳下床，站在他身邊，用手把精液由我陰莖裡打了出來。

精液飛舞在空中，四處飛散，我注意到諾曼的眼光，我不知道為什麼，但他這樣看著我的精液由我馬眼中射出來，真讓我爽透了。

有幾滴精液落在諾曼的左邊臉頰上，他很快地閉上眼睛，皺起眉頭。可是，你知道，他並沒有伸出手來擦掉。

等我射完了之後，我站在那裡，將陰莖握在手裡，另一隻手將射在諾曼臉上的精液塗抹開來，然後把手指伸到嘴邊舔個乾淨。諾曼像著迷似地看著我。

接下來是一段尷尬的沉默。我們兩個人都不知道該說什麼好，畢竟我們是從小一起長大的，可是我們不只是兩個孩子在玩一玩而已。我想要說幾句開玩笑的話來讓我們輕鬆一下。突然，我想起某一天碰到的事，就笑了起來。

「什麼事這麼好笑？」諾曼正如我所希望的那樣問道。

「你知道，那天我正走過康柏巷，聽到有個娘娘腔的傢伙跟他的朋友說話，他的聲音大得每個人都聽得到，他說：『哎，大家都曉得的——男人的屁眼要比女人前面的洞緊得多。』」

「真的？」

「真的。」

我們兩個開始穿衣服，我接著說：「也許哪天我可以證明給你看。我是說，否則要朋友幹嘛？對不對？」

# 偷窺者的處罰遊戲

**他總是偷窺我洗澡，一面還猛摸他從牛仔褲襠裡伸出來的挺硬肉棒。他不知道的是，偷窺者要付出的代價，可是很高的……**

我站在那面全身的大鏡子前，一絲不掛，水漬淋漓。雖然浴室的門開得很大，鏡面上仍然有幾處留著我沖澡產生的霧氣。我很快地用我的毛巾擦掉，之後開始擦乾身子，一面挑剔地看著自己在鏡子裡的身影。

我身高剛剛超過六呎，體重大約有一百六十八磅，頭髮是暗金色的，而我胯間的陰毛則更黑一些。因為我按時鍛鍊身體，上半身練得很棒——肩膀和手臂都有結實的肌肉，胸肌發達、腹部也有整齊結實的六塊腹肌。可是我練身體是為了健康，而不是為了練成虎背熊腰。所以我不像有些美式足球選手那樣膀大腰圓——對自己的身材也很滿意。我的腿很長，肌肉勻稱而不過粗——我沒有特別去練腿部，因為我喜歡自己能有體操選手那樣的身材。

在擦乾水漬時，我仔細地審視起我的身體。這種做法可能會被人取笑，說我太自我或太自戀，可是管別人怎麼說呢！我花了心力來保持身材，也喜歡欣賞我努力的成果。我用毛巾慢慢地擦過我的兩腿和睪丸周圍，讓我的老二變得粗了些，也長了點。我完全勃起時有九吋長。我開始愛撫我自己，我的陰莖馬上驕傲地挺立起來，龜頭在明亮的燈光下閃著粉紅色。

我把毛巾丟在地下，讓一隻手輕撫我的肚子和胸部，另外一隻手則開始撫摸我的大屌；我望著鏡子裡，我的手在我的肉體上移動，幻想著那雙手屬於另外一個人。

鏡子掛在浴室門口正對面的牆上，我由眼角瞥見，在鏡子的一邊突然有一道光很快地閃亮了一下，可是過了一會我才意識到。等亮光再次閃現時，我很快地看過去——是有什麼反射在鏡子上。到第三次的時候，我發現了那是什麼——由鏡子裡可以看到我屋子後面的一扇窗子，有個戴了眼鏡的人正站在窗外看我！

我第一個想法是把浴室的門關上，可是緊接著我模糊地想起在過去兩三個禮拜裡，我照鏡子的時候有幾次也發現到那裡有動靜。現在站在外面的那個人以前也來過。我越想越不高興，打算想出個辦法來逮到他。屋子後面是一大片空地，所以不可能只是什麼人正好走過而已。

然後我想到了個主意，我撿起了毛巾，好像很漫不經心地走出了浴室，卻沒有刻意去遮掩我上下跳動的大屌，同時也小心地不往窗子那邊看——我不想把他嚇跑。一等到我走到他由窗口看不到的地方，我就很快地把毛巾圍在腰上，由車庫那邊溜到外面。

因為時間已近半夜，所以外面相當的黑，我沿著屋子旁邊偷偷走過去，在轉角那裡伸頭望過去。從浴室窗子透出的光讓我看到有個年輕小伙子站在那裡，正往窗子裡窺望著，等我回去——一面還在撫摸他從牛仔褲襠裡伸出來的挺硬陰莖。

他稍微比我矮一點，不是很壯，如果想制伏他不是問題。腳下的草地很濕，我可以很輕易地潛行到他身後——他全神貫注地望著窗子裡，根本沒想到黃雀在後。

等我到了他正後方之後，我伸出手去，輕輕地用手指抵在他背上，「把手舉起來，小子！我手上有槍，你的麻煩大了！」

他被我一碰就驚跳起來，踉蹌撲靠在屋子的牆上，於是我很快地跑到他身後，把他壓得緊貼牆上，在他耳邊大聲叫道：「不許動，小子！把手舉起來！」

他嚇壞了，我聽到他直喘大氣的聲音。他把兩手舉起，臉頰貼靠在窗玻璃上。

「是——是——遵命！」我幾乎聽不清楚他在說什麼，他真的嚇壞了，說不定還嚇得尿濕褲子。

可是現在我逮到他，卻不知道該怎麼辦。最後我向他問道：「你操他媽的在這裡搞什麼鬼？」

他等呼吸平順之後回答道：「只是在看你。」

「你是說，看我光著身子，是吧？」

「是。」

「你是什麼？搞同性戀的？」

「不是。」

「不是？那你在這裡打什麼手槍？」

他沉默了好一陣子才囁嚅地說：「我不知道。」

「你以前就在這裡偷看過，對不對？」

他沒有回答，所以我用力地推了下他的腦袋。「不許騙我，小子！我看到過你！對不對？」

他終於點了點頭，「我想是吧。」

我還是不知道抓到他之後該怎麼辦。可是我想他已經嚇壞了，不會再給我找什麼麻煩，所以我往後退了一步，「走吧，小子，我們到屋子裡去。」我把他推向後門，然後把他推進屋子裡。

我抓住他的領子，把他推在我前面，經過走廊到了我的臥房裡。讓他站在角落，然後才退開身子，「好了，小子，轉過來，我要看看你。」

他慢慢地轉過身來對著我。我差點笑了起來——他的小雞雞已經軟了下來，那樣掛在褲襠口，看來有點滑稽。他發現我在看他那裡，就想伸手過去遮著，可是我攔住了他。

「哦，不行，小子，把你的兩手放在腦袋後面——趕快！」他馬上聽命行事——他知道自己惹了大麻煩。

他一頭黑髮，戴著副細框眼鏡——一副學生模樣，我猜他還不到二十歲，身材不是那麼壯碩，大約五呎十吋高，一百四十五磅重。

我看出他很緊張不安，不過這也是應該的。我瞪著他看了好幾分鐘，看得他開始流冷汗。最後我開口說：「你知道你的麻煩大了，小子，我現在就可以打電話叫警察來，以非法入侵的罪名把你抓起來。哦，還有，當眾袒露下體、偷窺、妨礙隱私，大概還可以找得出其他的罪名，對不對？」其實我只是亂想的，不過我要讓他明白事態的嚴重性。

他只低頭看著地下，然後含糊地說：「我知道。」

「你躲在外面偷看過我幾次？」

他既不抬頭看我，也不回答我的問題，於是我再逼緊一點地追問：「說話呀，小子，告訴我，不許說謊。」他還是沒有說話。「一定要我打電話報警嗎？」

他抬頭看著我，「求求你，不要報警！我爸媽知道會氣死的。」

「好吧，那先回答我的問題。」

他想了一下，然後回答道：「大概八次到十次吧，我想。」

「每次你都打手槍？」

他又低頭看著地下，「只有看到你光著身子的時候。」

「哦，原來你到底還是個搞同性戀的。」

他很快地抬起頭來，「不，我不是！」可是他停了一下，又繼續說道：

「至少，我想我不是的。」

我斜著眼看他：「這話什麼意思？你想你不是的？你到底有沒有跟男人搞過？」

「啊，我從來沒跟任何人搞過。可是我有時候會有些幻想……我也看過男人跟男人在一起的事……還有，看到你光著身子，都會讓我很興奮……」

我開始想到個好主意，能把這種情況處理得讓我占盡便宜，因此我向他問道：

「你是說你從來沒玩過別人的雞雞？」

「沒有。」

我仔細地考慮了一陣，最後問道：「你叫什麼名字？小子。」

「比利。」

「嗯，比利，你明白要是我打電話叫警察把你抓起來，報上就會登出來你是個變態，而且你說不定要去坐牢，你知道吧，嗯？」

他又垂下了目光。「我知道。」

「哎，其實我也不想跟警察有什麼牽扯，所以，也許——要是你肯聽我說什麼就做什麼，不跟我要賴的話——也許我就不去報警。」

他的眼睛瞪大了，望著我，「哦，拜託！你要我做什麼都可以，就是不要報警！」

我對他微微一笑，「首先，請你叫我的名字，拉瑞。」

他鬆了口氣。「謝謝你，拉瑞。」

「先別謝我，說不定等下你又會後悔。首先，把你的衣服脫掉。」

他瞠目結舌地對我看了半晌，「你是說全部脫光？」

「當然啦！你看過我全裸的樣子，所以我也想看看你的模樣。」好幾年前我就知道自己是個同志，可是我並不打算告訴他。

他很快地脫掉腳下骯髒的球鞋，再脫了襯衫和牛仔褲，穿著一條小內褲站在那裡望著我，可是我告訴他：「繼續，比利，全脫掉。」

於是他將內褲也拉下來脫掉，赤裸裸地站在我面前。他想用手去遮住他的胯間，可是我說：「兩手再放在腦袋後面，快！」他便筆直站好，照著我的話做了。

我仔細看過他的身體，發現他不是個難看的小伙子，身材雖不壯碩，卻也不瘦弱，手臂和小腿也都有肌肉；腹部很漂亮而結實，但是在身側看得見肋骨，兩顆乳頭像兩顆棕色的小釦子，周圍只長了稀疏的幾根毛，他皺縮的小雞雞周圍則有一叢陰毛，下面兩顆很大的睪丸，懸垂在兩腿之間，相當令人動心！只要他能不戴那副眼鏡，就很有吸引力了。

可是我讓他在那裡站上好幾分鐘，上下打量他，使他心裡七上八下地，不知道我會要他做什麼。最後，我把腰間的毛巾圍緊，走到他面前，伸出一隻手，用手指輕輕劃過他的胸部——劃過他一邊乳頭，到他袒露出來的腋窩裡——再回到另外一邊的乳頭。他閉起了眼睛，在我輕輕捏著他乳頭時，咬緊了牙關，發出沈重的呼吸聲。

這讓我又微笑起來：「這樣讓你不舒服嗎？比利？」

他睜開眼睛來：「不會，覺得很舒服！」我把手挪向下方，在他那收得很緊、卻仍在顫抖的腹部上下來回——只碰到他胯間的陰毛，卻不碰他的雞巴。他低聲說道：「如果你再這樣摸下去，我就會勃起了。」

我只笑了笑，「真的！」我看得出他的屌越來越長。然後我告訴他：「轉過身去。」

他轉身面向牆壁，天啦，好漂亮的屁股！渾圓結實，光滑無毛，我很喜歡！我把兩手放在他背上，由兩側一路摸到他的臀部，然後抓住他的兩股。我一面撫摸，一面輕輕擠捏，聽到他喉間發出低沈的呻吟，整個情況越來越棒！要是他剛說從來沒和任何人「搞」過是真的，那他還是個處男！

我必須停下來，重新把身上的毛巾圍好，因為我的雞巴已經越來越硬，好像要把毛巾頂破似的。然後我將手指滑入他的股溝裡，摸過那緊閉的小洞，再到他兩腿之間，握住他的那對睪丸——他把兩腿分開，將屁股往後頂過來，讓我更加方便。我看得出今晚一定會爽透了。

我要他再轉回身來面對著我，他的屌由他胯下直伸出來——不是很粗，但至少有八吋長。在我看著他的老二時，他的臉紅了起來。我伸手將他的老二握住，輕輕地捏著，正視著他的兩眼。「你會聽我的話，叫你怎麼做就怎麼做，對不對，比利？」他沒有回答，我捏得更用力，說道：「還是說你要我打電話報警呢？」

他嘆了口氣，「沒問題，你要我做什麼，我就做什麼。」

我對他微微一笑。「不用擔心，我不會傷你什麼的，我只是想把你真正想要的給你。」我現在已經很確定他是真的想要了。

我由他身前往後退開了一點。「好了，比利，你先前一直從窗口偷看我的裸體，現在你有機會這麼靠近地好好看一看，在我前面這裡跪下來。」

他遲疑了一下，但接著就往前走了兩步，慢慢地在我面前跪了下來，他的眼睛正好對著我被毛巾遮住、但鼓突的下體。他伸出手來，想要碰觸那裡，可是我把他的手推開。「不是這樣，把你的兩隻手揹在背後。」他照著我的話做了，仍然一直盯著我。「現在用你的牙齒——把毛巾扯掉。」

他俯過身來，讓他的臉緊靠著我繃緊的腹部，張嘴用牙齒去咬我的毛巾，然後輕輕向外拉扯。而我則將身子往後縮，來幫他的忙，在一拉一扯之下，毛巾拉開了，由我身上滑落下去。他鬆開嘴，毛巾掉到了地上，而他瞪著我昂挺的陰莖。我等了一陣，不知道他會不會有下一步的動作，但他只是舔著他的嘴唇，瞪大了眼睛，於是我伸手去摸著他的頭髮，低聲地對他說：「你喜歡嗎？比利？」

他呼吸沈重，「天啦！喜歡！好美啊！」

我其實還沒有完全勃起。「你知道應該怎麼做的，對不對？」

他吞了口唾沫，始終盯著我的陰莖，慢慢地搖了搖頭。「現在是你的幻想成真的時候，比利，把頭伸過來親一下。」

他的兩眼定視著我的雞巴，很慢很慢地把嘴伸過來，好像怕會被燙到似的。他的嘴唇只在我龜頭上碰了一下，馬上就退了開去。我又把手指插進他頭髮裡。「來吧，比利，不要害怕。這是你想了好久想要做的事。」我把他的頭推向我，壓靠在我肚子上，讓他的鼻子直壓進我大屌四周的陰毛叢裡，讓我滾燙的肉柱在他臉上挨來擦去。「把你的鼻子靠過來，好好聞一下真正的男人味道。」他閉緊了眼睛，喉間發出低沉的呻吟，把臉靠在我胯下來回摩擦，我的雞巴整個挺硬起來。我把他的頭推開，用一手抱住，不讓他動，另外一隻手握住我粗大的肉柱，慢慢地在他臉上掃過——掃過他的眼睛、他的鼻子，還有他的下巴，然後我又退回來一點，讓他看了個夠。最後我不動聲色地說：「你要嗎？比利？」

他呻吟道：「要，我要玩它、吸它、舔它——求求你給我！」

我把兩手背在我的身後等著，「來吧。」

他慢慢地舉起一隻手來，好像怕碰到我似的，但緊接著他就開始撫弄我的睪丸，動作十分輕柔，另一隻手則在我的腹部來回撫摸。然後他的手指輕輕碰到我的陰莖，輕柔地劃過我的龜頭。他的拇指很自然地揉擦我的馬眼，同時嘗試性地扯著下面的皮膚。然後他緊握住我的陰莖，開始舔著——先在一邊，又到另外一邊，然後向下舔著我的睪丸。我的雞巴現在已經挺硬，在他舔著時不住悸動。他在我的龜頭上舔了兩三分鐘，然後將我的陰莖揉擦著他的臉。

我面帶微笑地看著他，最後對他說：「來吧，小子，嚐一下。」

他抬眼望著我，「我很想，可是我不大知道該怎麼做。」

我笑了起來，「不用擔心——只要做就好了，如果你做錯了，我會告訴你的，不過小心你的牙齒不要咬到或刮到我。」

他又看了好一會，然後小心地張開嘴唇，含住我的龜頭。他就這樣含著，用舌頭來回的舔，然後慢慢把嘴往下送。緊接著他的兩手抓住我的臀部來穩住他自己的身子，開始吸吮——進進出出，進進出出。

我望著他吸我，鼓勵他：「好棒！就是這樣。」因此他的頭動得更快了一點。

我讓他這樣做了一陣，可是他大約只把我的陰莖吸了一半進去，所以我抓住他的頭，輕輕地往前拉，「吸多點進去，比利，盡你可能多吸一點進去。」

在我用手慫恿下，他的頭埋得更下，我感到我的龜頭輕擦著他的喉嚨，可是他真的很賣力。他大聲呻吟著，用力吸我的肉柱——前前後後，還向兩邊擺動，他的兩手抓住我的兩股，把我拉得更貼近他。他闔緊了嘴唇，用舌頭舔遍我的陰莖。

我看著他吮吸我的雞巴，感到一股熱力由肚子裡升了起來。可是我還不想這麼快出來，所以我溫柔地將他的頭推開。他抬頭看我，我說：「你很投入哩，是吧？」

他微微一笑。「是呀，我每次在你窗子外面，還有回到家裡去打手槍的時候，都幻想著能這樣，說老實話，我想單是跪在這裡吸你的屌，就能讓我出來了。」

我看到他紅通通的陽具前端已經有汁液分泌出來，於是我對他說：「哎，我不想讓你這樣出來。起來，讓我們到床上去。」

他站了起來，我躺在床上，把他拉下來躺在我身邊。我用兩手抱住他的頭吻他，我的動作很慢，也很溫柔，他也回應我的吻，在我的舌尖頂著他嘴唇時，他的嘴張了開來，我的舌頭就侵入他的嘴。

然後我把他推得跪了起來。「移過來，跨坐在我腰上。」他照我的話做了，我再讓他往後退到我的大屌滑進了他的股溝。我開始朝上挺著身子，使我的陰莖刺著他的屁眼，而他也很合作地擺動身子來配合。我一隻手撫弄著他悸動的肉棍，另一隻手則撫摸他的胸部和腹部。他閉起眼睛，弓著背，讓我撫弄他。

然後我柔聲地問他，「你有沒有被人操過？比利？」

他睜開眼睛看著我。「沒有，我不知道是不是能受得了，你實在大得可怕。」

「呃，」我回答道：「這完全要靠練習。」可是我並沒有逼他，我現在只希望將來還能和他有更多的樂子，而且我確信很快就能得到他的第一次。

然後我告訴他，「好了，比利，把手舉在你頭後面。」他照我的話做了，我看著他拉緊的肌肉，繼續說道：「太好了，這樣讓你的手臂和肚子上的肌肉都繃緊，最讓我興奮。」他低頭看看他的身子，但什麼也沒說。

我用手撫摸他的陽物，溫柔地捏著，「你會很快就要出來了嗎？」

他微微一笑，「我可以，隨時可以出來。」

「好，我要你做的是——開始操我的龜頭，同時把你的屁股往下壓我的雞巴，讓那裡頂著你的屁眼。明白嗎？」

他點了點頭，「我想我明白。」他開始動作，起先很慢，但接著就快了些，因為他已經抓到了節奏，他說：「可是這樣我會射得你滿身都是。」

我笑了起來。「我知道，我就是要你這樣，因為接下來就要你趴下來，把我的身體全部舔乾淨。」

他停了下來，低頭望著我，「才不要呢！好噁心啊！」

我抓住他的頭，把他朝我這邊推了下來。「不會，一點也不噁心！我就要那樣，你也非那樣做不可——我說什麼你就做什麼，這話可是你說的！」

他遲疑了一下，「一定要嗎？」

「你他媽的說得一點也不錯！你知道嗎？從現在開始，你就是我的男孩玩具，比利，你第一件要學會的事就是吃我的精液，所以你可以從舔你自己的精液開始。」

我讓他跪在那裡把這件事好好地想了一想，最後他說道：「呃，我沒有像這樣想過，可是我想既然我真的想學會這些，就要試試。」

「好極了——這才是我想聽到的話。現在開始動吧。」

他把兩手在腦後拉緊，開始操我的龜頭，我也稍微抬起點身子，讓我的龜頭能摩擦到他的屁眼，而且在他滾燙的雞巴在我掌心裡進出時，我也把手握得緊了些。另外一隻手則不是玩弄著他小腹下的陰毛，就是撥弄他的乳頭。

他發出呻吟，我捏著他一邊的乳頭，他回應道：「好爽！再來。」我扯著捏著他的乳頭，然後換到另外一邊。他的呼吸開始急促起來。「啊，好爽！我快出來了！」

我把他的陰莖握得更緊，手也動得更快，一面捏住他的乳頭，用力擰著。汗水由他身側流了下來，他不住衝刺、呻吟，我的手則動得飛快。

他叫了起來，「啊！！……天啦！我要出來了！！」我再擰他的乳頭，把他的陰莖套弄得更快，第一道精液從他陰莖裡射了出來，一路射過我的胸口！我繼續打著，他不住射精，射了又射！他的精液滿佈在我胸口和腹部。

等我的手停下來之後，他低頭對我微笑，「天啦，拉瑞，真是太棒了！我自己打手槍的時候，從來沒這樣射過。」

我對他眨了下眼睛，「我知道，別人幫你做的時候總是好得多。」

他咧嘴對我笑道：「對……更叫我興奮的是我知道我射的時候你在看著我。」

我把手在他大腿上擦乾淨，然後把他的頭扳下來，讓我好吻他。「現在，比利，像我說的那樣幫我清理乾淨。」

他猶豫了一下，但接著就把嘴湊近我的胸口。他的舌頭伸了出來，試著舔起一點他的精液。他停了一下，然後再舔了一些，很快地看了我一眼，「我想也沒有那麼糟。」於是我看著他用舌尖將我舔了個乾淨，等他最後終於坐起來之後，我用手指把留在他馬眼那裡的最後一滴撈了起來，送進他嘴裡。

然後他低頭看著我，「你不要出來嗎？我也想看你射出來。」

我笑了起來。「我當然要出來，你會靠得很近，欣賞得到。」我坐在床邊，兩腿踏在地上。「到這邊來，」我說：「跪下。」

比利在我叉開的兩腿間跪下，我親了他一下：「吸屌的人就該在這裡——跪在一根硬梆梆的大雞巴前面。」

他沒有回答，只用手指握著我的屌，低頭去吸，然後他開始用嘴來撫弄我——讓我的雞巴在他嘴裡進進出出。

我感到他又熱又濕的嘴唇在我的陰莖上滑動，我呻吟道：「對，比利，好好幹，把你的嘴再含得緊一點。」他照我的話做了，熱力充塞在我體內，他一手撫摸著我的陰囊，讓我的慾火更為高漲，我的手梳理過他的頭髮，在他每次將我的屌吸進去時，就把他推得更往下些。「整根吞進去，比利，我爽死了。」

他盡量往裡吞，我看到他的喉嚨鼓突起來，哽了一下，停下來吞口唾沫，接著馬上又繼續。我用手撐著，身子整個往後仰起，全身的肌肉都拉緊了，準備射出。「啊，天啦！我快出來了。」他抓住我的兩腿穩住身子，嘴的上下動作變得更快。

我感受到從我睪丸裡有什麼湧了上來，知道高潮就要來臨了，於是我坐了起來，把他的頭往後推開。「用你的手，比利！我要看到我的精液射滿你的臉！」

他聽了我的話，就用手開始替我打，他想把臉往後面退開，但我抓住他的頭，讓他留在我悸動的龜頭面前，「快，比利！快！」

那種快感越來越強烈！我大聲呻吟！我的兩腿和腹部肌肉都拉得緊緊的，幾乎有要抽筋的感覺。「啊！……啊！……啊！！」我出來了！精液直射在他嘴上，兩次、三次、四次！而且慢慢地從他下巴流下來。

最後我讓他的手停了下來——我的龜頭太敏感了。他抬眼望著我，靦腆地笑著，沾滿了精液的手仍然握住我變軟的老二。我伸出手指去刮起一坨在他下巴上的精液，放在他唇邊，他把我手指吸進嘴裡，舔了個乾淨。於是我清了其他殘存的精液，全都餵給他。

然後我笑了起來。「你一臉亂七八糟的，比利。」

他也對我咧嘴笑道：「我知道，可是我喜歡！」

於是我們走進浴室，一起沖了個澡，在我們相互擦乾對方的身體時，我又吻了他。「這就是你真正想要的，是吧！」

「嗯，我想是。」

他穿好衣服回去，說好了禮拜六再來。我還有好多事要教他呢。

# 鄰家底迪屁屁護衛戰

**我從小呵護備至、最心愛的鄰居底迪，一來我的派對，飢餓的好友們立刻緊盯他繃得緊緊的小泳褲，和像西瓜一樣渾圓結實的翹屁股，惹得我妒火中燒……**

「嗨，阿杰！真是烤肉的好天氣。」

「布雷特，歡迎光臨，你看起來很棒啦，哥兒們。」天氣很熱，布雷特的打扮真是出眾，只穿了一條很緊的健行短褲，一雙厚厚的白襪子和一雙登山靴。一般四十多歲的人都不會穿這種衣服的，可是布雷特不是一般人。

「謝謝，阿杰。」布雷特說著聳了下他寬闊的肩膀。「要給你一個花錢的動機嘛。」我們兩個都笑了起來，他和我之間在身材——和性——方面競爭，已經久到我都不願意去數到底有多少年了。

「這些是新的。」我伸出一根手指戳了下他凹凸有致的腹肌。

「對，你得找個時間好好看看，你知道，我是說有『動作』的時候。」他很下流地前後挺突著小腹。

「試過了。」我搖著頭說。

他是我的第一個，當年我剛滿十八歲，布雷特廿三歲。我去了一間同志酒吧——心裡想找個人上床——結果站在他旁邊。我感覺到有人伸手隔著我的牛仔褲在摸我屁股，轉身就看到是他這個漂亮小伙子在咧開嘴來對我笑著，原本的怒罵就這樣沒有出口，反而在幾分鐘之後，我們兩個就在酒吧間裡相互愛撫起來。

然後布雷特把我按下去跪在地上，解開他褲襠的鈕子，用他那根硬挺的大屌拍打著我的臉頰，簡直把我給嚇壞了，可是我後來發現，那家酒吧向來就以有人當眾做愛而著名。布雷特把他雞巴塞在我嘴裡，使我很快地忘了一切，只想著在他操我的嘴巴時該怎麼呼吸。

在他的睪丸撞我的下巴好幾分鐘之後，他把我一把拉了起來，拖到撞球檯旁，拉下我的牛仔褲，讓我趴在桌邊，把我的臉壓在綠色的絨布檯面上。結果我就在那張撞球檯上被他操了後庭，周圍還有一群人在看，邊喝啤酒，邊打手槍。

布雷特把唾沫塗在他的龜頭上，另外也把口水塗在我屁眼上，瞄準了往裡一戳，我只覺得好像整座帝國大廈塞進了我屁股裡。我躺在檯子上哼叫著，而他直往我的洞裡進出。等他的那話兒和我的前列腺做了幾次密切接觸之後，疼痛消失了，我也興奮起來。我開始擺動迎合他的動作，把我的屁股抬離撞球檯迎向他每一次的衝刺。

布雷特用盡他全身的重量和相當大的力氣來操我，他的每個動作都是精心設計過的，能給他帶來最大的快感。幸好我覺得很爽，因為我完全沒有脫身的機會，他把我的兩手壓在我頭上，使我連自慰都不能，更不用說賞他一拳之後一走了之了。

等到他要射出來的時候，已經有不少的人圍聚過來了。他的動作慢了下來，往回抽退時幾乎完全退出來——這樣大家才能讚嘆他那話兒的尺寸——然後用力地插回去，撞得球檯都格格作響。開始射精時，他從我的屁眼裡完全抽退出來，把精液射滿我一身和撞球檯上。緊接著他把我拉了起來，貼靠在他身上，用手把我打了出來，每一波精液射出，都引起圍在我們四周的人一陣歡呼。

那是我的第一次經驗，布雷特和我在一起好幾年，但我們之間始終都有摩擦。

布雷特的競爭心非常強，只要是我感興趣的男人，他一定盡他的全力來搶。這實在讓我很不爽，可是我每次提起，他都置之不理。最後我實在受夠了這種情況，所以在過去幾年裡，我盡量將我們的競爭限制在健身院裡。

「來啦，阿杰，檢查一下。」布雷特又來逼我。

我揉了下布雷特結實的腹部來應付他。

「再往下一點，」他說：「就能跟你的老朋友打招呼了。」

「我還有事要做，有朋友要招呼。」我回答道，拍了下他的肚子，轉身離開。

我這次請客是為了慶祝我過去三年來一直在家裡後院所挖的游泳池終於完工。這件事在朋友之間已經成了個笑話，我不能放棄這個可以展現成果的好機會。

一切都進行得很好，偏偏意想不到的情況突然冒了出來——還真的是在隔著房子和車道間的籬笆上面冒了出來。

「阿杰！」

「泰德？呃……嗨，我以為你已經收拾好行李去大學了。」

「那是下個禮拜的事呢，阿杰。」泰德是隔壁人家的孩子。十六年前我剛搬到這裡來不久，他就蹣跚地由車道那邊橫越過來，伸著兩手要我抱，當時我們馬上就很要好。在他父母離婚之後，我就成了他父親形象的代表，我帶他去露營，教他做功課，看著他長大。

現在看到這樣一個肌肉漂亮的小伙子站在籬笆的另一邊，仍然讓我感到震撼。好像昨天他還是個青澀少年，瘦瘦的長手長腳好像永遠不知如何控制。後來他對體操發生了興趣，而且極為熱心於體操訓練。高三那年就被選為參加奧運的準國手。他也得到大學的全額獎學金，不過那是因為他的學科成績優異，而不是因為運動好的緣故。今年滿十八歲的泰德長相俊美、機敏，身體像個年輕的希臘神祇。我愛他，也很引他為榮。

「在請客？」泰德問我，一面把寬闊前額上濃密的金髮往後一撩，對我微笑，眼光閃亮。

「只是幾個朋友來慶祝我游泳池落成。」我平淡地應了一聲。我從來沒隱瞞過我的性取向，可是我想不該讓泰德和我這面的生活扯上什麼關係。他太年輕，也太天真無邪——而且令人難以抗拒——讓我擔心他會碰到什麼不好的事。

「哎，你好。」布雷特突然出現在我身邊，像餓狼一樣盯著泰德，「這個金髮帥哥是誰呀？」他用手肘頂了我肋骨一下，問話聲音雖輕，卻讓對方聽得很清楚。

「布雷特！」我咬緊牙關叫了一聲，心裡只希望泰德趕快走。

「嗨，布雷特，我叫泰德，住在隔壁。」他把手由籬笆上伸了過來，布雷特一把握住，久久不肯鬆開。

「真是幸會，我們是來慶祝阿杰終於把他後院那個洞給挖完成了。」

「那個游泳池呀？今年春天我放學之後就來挖，忙了整整兩個月。我認為我們做得滿不錯的。」

「沒問題，」布雷特表示同意。「你今天也會來參加吧？既然你出了那麼多力，也應該請你才對。」

「啊……還沒人請我。」泰德回答道，一面充滿期待地望著我。

「真的嗎？」布雷特看了看我，我固執地保持著沈默。

「媽的，要是阿杰不請你，我請。」

「阿杰？」泰德顯然希望聽到對他的邀請能由我的嘴裡說出來。

「沒問題，泰德，來玩吧，我準備了很多牛排。」

「我去換件衣服，馬上就來。」

我感覺到這下我得忙著來來去去地替泰德擋我那些做事積極的朋友們了。

「好俊的一個小伙子。」這位我選為年度快手的朋友仍然守在我身邊，他的兩眼閃亮，興奮得鼻翼鼓動。「我真想把他給一口吃了，老兄！」

「他還是個孩子，布雷特，別鬧了。」

「十八歲了吧？對不對？」

我滿心不情願地點了點頭。

「那有什麼問題？」

「他是我的鄰居，布雷特。」

「鄰居也要找人上床的嘛，阿杰。」

「反正不要去招惹人家，好不好？」

「我明白了。你已經看準了要把他收歸己有，你這個老狐狸，有沒有上壘呀？」

我一句罵人話都到了嘴邊，但是想想還是算了，默默地走開。

大約十五分鐘之後，後院裡的談話聲突然全都停了下來，我回頭一看，原來是泰德來了，全身只穿了一條黑色的迷你泳褲，頭上反戴著一頂黑色的棒球帽，全身肌肉勻稱而完美得教人心跳都會為之停頓，光滑無毛的皮膚是琥珀般蜂蜜的顏色，和兩三個月前我們一起把游泳池完成時比較起來，他的上半身更壯碩了——兩臂的肌肉鼓突，胸肌更是豐滿結實，使兩粒大乳頭更形突出。緊緊的腹部幾塊腹肌清晰可見，修長的雙腿該鼓的地方都有優美的肌肉線條，翹起的小屁股讓那條小小的泳褲繃得緊緊的，讓人不由自主地想起渾圓熟透的西瓜來。

「歡迎！歡迎！」布雷特趕到泰德身邊，伸手摟住他的肩膀，開始把他介紹給大家，我覺得胃裡一陣疼痛，不是因為消化不良，而是因為妒火中燒。我不高興地戳著烤肉的炭火，還把蓋子用力往下一扔，聲音響得都有幾個人回過頭來。

泰德把他們所有的人都征服了。他迷人之處有一部分就在他完全沒有身段。就算他知道自己有多俊美，他也不以為有什麼了不起。這種毫不做作的謙遜態度只更增加了他的吸引力。

布雷特如影隨形地跟著他。其間還花了大概半個鐘頭的時間來給泰德寬闊的肩膀上抹防曬油，無恥地大肆撫摸。泰德並沒有避開，不過讓我深感安慰的是，他自己的手非常規矩。

布雷特一直守到最後，顯然在想辦法要把泰德騙走。等到他弄清楚泰德要幫我清理時，布雷特也說要幫忙，可是泰德攔住了他，說一切都沒問題。布雷特最後終於放棄，有點不高興地開車離去。

泰德和我把東西收拾好，拿回廚房，將碗盤放進洗碗機，然後在廚房的桌子邊坐下來，喝瓶汽水。泰德喝了兩口，把瓶子放下，抬眼望著我，表情十分嚴肅。

「我能不能跟你談談？阿杰，很重要的事。」

「什麼事都可以跟我談呀，泰德。」我回答道：「你知道的嘛。」

「我是個同志。」他深吸了一口氣，然後緊接著說：「我想過這件事，也看過這方面的書，我知道我真的是，我還沒有跟任何人說過，阿杰，我知道你會了解的。」

「如果你自己真的確定的話，我當然能了解。你有沒有愛上什麼人呢？」

「有呀，一個很特別的人，一個我已經認得好久好久的人。」他伸手抓住了我的手，我只覺得心跳加快了起來。

「是一個我既尊敬又愛慕的人——而且我非常愛他。我到現在還沒有和任何人有過性愛關係，我……我希望我的第一次能真的很特別，阿杰。」

「啊！」我靠坐在椅子上，想把這件事理清楚，這實在是完全意料不到的事——而且好嚇人。鄰居的小男孩向我傾訴心聲。只不過他不是個小男孩——他是個男人，既年輕又讓人動心。

「泰德，相信我，我實在是受寵若驚。可是我不行。」

「為什麼不行？你是我所見過最英俊，最性感的男人，我信任你，阿杰，我知道你絕對不會做任何會傷害我的事。你不覺得我性感嗎？」

「得了吧，泰德，這個問題的答案你清楚得很。」他開心地笑了，「——只是這樣不對。」

「如果是跟一個陌生人的話會比較好嗎？我可以打電話找你的朋友布雷特，他給了我他的電話號碼。」

「不行！」我一拳打在桌子上說。

「我不是真的有那個意思，」他一臉嚇得要死的表情。「我要你。」

我們默默地對望了好久，然後泰德又開口說：「好吧，我想只有我採取行動了，反正我沒什麼可損失的，阿杰。」他站了起來，把兩根大拇指塞進他那條迷你泳褲的褲腰裡，扭動著身子把泳褲脫了下來。我大聲地吞了口唾沫，眼光再也無法由他身上移開。他繞到桌子這邊來，跨坐在我的懷裡，兩手抱著我的肩膀，他的陰莖和睪丸滾燙地貼靠在我袒露的腹部。

「跟我做愛吧，阿杰。」他撫摸著我的頸子，使我的背脊一陣冷。我搖了搖頭。

「你是不是要趕我回家？」他問道。我還來不及想答案，他已經吻了我，而我的自制力頓時瓦解。我用兩手抱住他的腰，手指壓在他渾圓的臀部，開始回吻他。他的嘴唇張開來，我們的舌尖相觸，我感到他貼靠我腹部的陰莖越來越硬，泰德的兩手向下撫摸我的胸部。

「感覺好性感啊，」他喃喃地說著，愛撫我從胸腹一直長到鎖骨的那層胸毛。「我一直想有胸毛，我看現在這願望不可能實現了。」

「我覺得沒有關係。」我對他說著，將手由他身側向上撫摸，等我的拇指觸及他的乳頭時，他的手指在我胸前蜷曲起來，眼瞼抖動。我低下頭去，舔著那一粒突起，然後將我的嘴唇貼緊了他鼓突的胸肌，開始吮吸，他的乳頭立刻堅挺起來，頂著我的舌尖。泰德弓起背來，結實的兩股肌肉靠在我裸露的大腿上收放不定。

我把他由我懷裡抱起來，讓他坐在桌邊，由他的身上一路向下舔到他的胯間，我用唇舌揉擦他光滑無毛的陰囊，然後開始親吻他的陰莖，一吋一吋地移向他那形如鋼盔的龜頭。

當我將他堅挺的陽物含進嘴裡時，我感到他的腳在摩擦我大腿的內側，勾住我一邊褲管裡已勃起的陰莖。強烈的快感如電流般竄升進我的陰莖和背脊。

「我真的能讓你興奮，對不對？」他問道，語氣裡帶著一絲勝利。

「你要是研究心理一定大有前途。」我含著他的雞巴，逗弄地對他說。

「讓我看你的屌。」他要求道，一面用他的足趾在那裡摩擦著，我站起來，脫了短褲。我的雞巴昂挺在我倆之間，硬如鐵石，不住悸動。泰德用手握住，輕輕地拉扯，把我的包皮拉得超過了前端，他用手指玩弄著那皺起的皮，拉開來，最後將拇指伸進潮潤的肉套裡。

「想試著套一下嗎？」我問道。我的聲音因情慾而沙啞，他睜大了眼睛，急切地點了點頭。「站起來。」他由桌沿滑下，站在我面前，前額抵住我的額頭，兩個人都低頭看著我們下面，我把我們兩人的龜頭頂在一起，然後把我的包皮拉上來，蓋住了他的龜頭。

「啊，天啦。」他滿足地嘆息道。把頭歪向一邊，又吻了我，他的小腹試探性地挺突，操著我的包皮。我用手包住他的睪丸，再往後揉擦他兩腿之間鼓突的地方，等我的指尖碰到他的臀孔時，他的舌尖更探入了我的嘴裡。

「我要吸你。」泰德低聲地說，他的嘴唇輕觸著我的耳朵。他的雞巴由我的包皮裡滑退出來，彈在他腹部上。他吻我的頸子，開始慢慢地沿我的身子往下舔去。他跪在我腳下，抬頭看著我。「好大啊，」他煞有介事地說：「我一直就覺得會是這麼大的。」他咧嘴一笑，然後開始細品我的雞巴。

我的兩手搭放在他肩頭，看著他。起先他只用舌尖輕觸，試探地輕舔我的包皮，然後舔吸，壓力越來越大，使我挺得更硬，也讓我的每根神經都繃緊了。接著我倒抽了一口冷氣，因為他將我含住，舌頭抵在我敏感的下方，嘴唇緊裹住我的陰莖。他抬頭看著我，微微一笑，像一個把大屌含在嘴裡的天使。

「我能不能再提一個要求？」他抬眼望著我，張開他濕潤發亮的雙唇問道。我點了點頭撫摸著他濃密的頭髮。

「你操我好嗎？阿杰。我要你做我的第一個。」

「你真的要嗎？」

「真的。」

我把他拉得站了起來，帶他走進臥室。他跳到床中間，向我伸出兩手，我打開一個抽屜，取出了潤滑劑，然後我爬上床，跪在他身邊。

「過來吧，小子。」我說著，將他翻過身去俯躺著，再把他拉進我懷裡，他的兩腿分開，伸在我身體兩側，他的陰莖和睪丸塞在我兩腿之間，而我粗大挺直的巨屌則直指他的屁眼。我拍了下他的屁股，他緊縮了一下，寬闊的背上肌肉蠕動。我開始撫摸他大腿的後側，手指尖輕壓他渾圓結實的兩股，兩根拇指沿著他的股溝滑過去，揉擦著他屁眼四周開口的地方，我滴了幾滴潤滑劑在我的目標區，開始用我的手指去按摩那濕滑的小小開口。

等手指終於插入時，泰德並沒有動，也沒說話。我愛撫著他體內光滑的肉壁，漸漸地將我手指插到了底。我用手指向四邊攪動，讓他那裡的肌肉放鬆，插入第二根，再插入第三根手指頭。

「我想你可以了。」我說，那三根手指仍然插在他的體內。「任何時候，要是你改變了心意，泰德，只要告訴我，我馬上停下來。」

「我不會改變心意的，阿杰。」他回答著，反過手來拉著我腹部的毛。「我知道我不會的。」

我由他的身下滑退出來，再伸手去拿潤滑劑。我讓他側向右邊，但他卻向反方向轉過身去。

「我想要看著。」泰德咧嘴一笑，指著房間對面門上裝了鏡面的衣櫃，我笑了一聲，伸手勾在他右膝後面，把他的腿往上拉向他的胸前。

他的屁眼是淺粉紅色的，光滑無毛，微微顫抖。我彎下身去，親了那裡，然後把那管潤滑劑伸到他那仍是處女地的臀孔處，在接觸到時，那裡張了開來，我把管口伸進去，往裡擠了一下，泰德用手壓住了他的小腹。

「天啦，我感覺到了。」他嘆息道：「又爽又涼。」我再擠了一次，然後把潤滑劑放在床邊地上，把包皮拉退到後面，再將潤滑劑塗抹在我的陰莖上。

「如果會疼的話，就告訴我。」我關照他說。泰德點了點頭，他的兩眼專注地緊盯著我們兩人映照在鏡子裡的身影，看著我們倆人身體會做最親密接觸的那一點。我將兩膝分放在他左大腿的兩側，一手撐在他肩膀旁邊的床上，另一隻手握住了我的雞巴。我先將龜頭抵住他的後庭，然後輕輕地壓過去，他那一圈肌肉微微張開，然後將我裹住，我再加上更大的壓力向裡推擠，我的龜頭進入了他的體內。

「你還好吧？」泰德看看我，點了點頭，他伸起手來，按在我胸口。

「請你插進去，阿杰。」他哀求道：「我要。」

我的小腹向前挺伸，看著我的陰莖又有兩吋進入了那熾熱的祕道。泰德的雞巴抽搐著，把一線透明的汁液射在他小腹上。我再次衝刺，他的手指抓緊了我的胸肌。我略為抽退，再向前推進，讓我堅挺的大屌插入更深。

我這樣緩緩的進展到盡根沒入，然後我有好一陣子一動也不動，只用我的手撫遍他光滑完美的胴體，讓我的手記住他身上的每一處。在我這樣做時，泰德漸漸習慣了有根男人堅挺悸動的雞巴插在他身體裡。

他起先靜躺著，深深地呼吸，然後他開始扭擺身體，試著將他的臀部往回推壓向我的陰部。等他第二次再抬頭看我時，他的眼中充滿了夢幻，那對藍眼睛則充滿了情慾。

「我能不能在上面？」他用沙啞的聲音問道。我點了點頭，抽退出來，平躺在床上。泰德跨過我，握住我挺直的陽具，扶在直立的位置，然後一手壓在我的胸口，坐了下去，將我那根肉柱整個套進他的祕道裡。

「我好喜歡。」他說著收緊了他兩股的肌肉，緊夾住我的陰莖。

「你真是個危險人物。」我呻吟道，揉著他大腿的內側。他露出天使般的笑容，開始像牛仔馴馬一樣上下騰躍。我讓他這樣幹了一陣，然後抓住他，抱得緊緊地，翻到他上面，我將他的兩膝壓在他的胸口，開始操他。起先很溫柔，然後越來越用力，越來越深入，因為我看到了他對我越來越狂熱的衝刺反應越來越強烈。

「啊，天啦，阿杰，這樣好棒，我全身都發熱了，我覺得好像要爆炸了。」

「絕對會讓你高潮的。」我喘息著，抬起身子，再用力插入他體內，讓我沈重的睪丸撞擊在他的臀股上，他哼著，縮放著他的肌肉，像抽搐似地擠捏著我的雞巴。泰德的兩眼睜得很大，他伸手到我們身體之間去抓他自己跳動的大屌。我抓住他的兩隻手腕，壓在他的頭後，決心不讓他有任何外力的協助，而只被我操得想把精液射出來。他皺了下眉頭，但我很快地操了他幾下，他的表情馬上變成無限快感。

「我……我就要……啊啊啊！」泰德扭曲抽搐，躺在床上枕頭間的頭急速擺動，開始射精。他的臀孔收縮，一陣濃濃的精液射上了我的身體，在我的肌膚上留下一道白色黏稠的痕跡，我再用力地衝刺，又操得他射出了三波精液，也讓我自己瀕臨了高潮的邊緣。

他感覺到我的雞巴脹大，兩眼猛地睜開：「讓我看你射出來！」

我將雞巴抽了出來，一手握住我的睪丸，另外一隻手握住我的陰莖，狂亂地套弄，泰德用兩肘撐起身子，兩眼飢渴地盯著我。我讓精液射出來，第一波飛到我頭上，再落下來，像滾燙的雨滴落在我們兩人身上，緊接著又是一波。接下來一兩次在我的龜頭上像燭淚般懸垂著，我繼續來回動著我的手，最後一波高潮來臨，我的睪丸緊縮在我陰莖下，我全身的肌肉都糾結在一起。精液再由我張開的馬眼迸射而出，越過泰德金色的頭髮射在後面的牆上。我的身子沉落，跪坐在床上，大口地喘著氣。

「喔！」泰德叫著，爬起來用手摟著我的頸子。「真是太棒了。」泰德伸手握住我的雞巴，輕輕地捏著。

「我們再來一次，好嗎？」

「先給我一分鐘讓我喘口氣吧，小子，你是什麼呀？色情狂嗎？」

「對，我想我就是，」他咧嘴笑道，一邊還在玩著我的老二，「你呢？阿杰？」他捏著我，我的陽物在他的手掌心裡又抖動起來。

「也許吧！」我呻吟著，用我的手指揉按著他汗濕的屁股。

「我們有整整三天的時間來弄清楚這件事。我一直要到禮拜二下午才要去大學。酷吧，嗯？」

「太酷了。」我回答道，一面在想我能活過那麼長的機會有多少。不過話說回來，牡丹花下死，做鬼也風流，如果一個人要死，這樣死不是太過癮了嗎？

## 在他汗濕的懷抱裡

**那男人有一雙我見過最藍的眼睛。望著他肌肉結實的背部，我好想知道，和他赤裸的肉體緊緊相貼，會是什麼感覺……**

在那條老公路上，已經有好幾個鐘頭沒有一部車子經過了，所以等那輛黑色的大車慢下來的時候，我趕緊把兩指交叉，祈求有好運。

車子停靠在路邊，我整個人鬆了口大氣，急切地爬上車，一面對開車的人笑了笑。

「小伙子，到哪裡去？」他問道，一邊吸著雪茄，對我上下打量。

那個人胖得像就要臨盆的孕婦，我拚命忍住才沒因為這個想法而笑出聲來。

「往西。」我回答說，一面還在想不知道他是怎麼擠進駕駛座和方向盤之間的。

他笑了起來，雙下巴因此像果凍似地上下抖動。然後他將車開上公路。

「那就往西吧。」他說著把雪茄丟到窗外，自己輕輕地哼起歌來。

我又冷、又餓、又疲倦，就坐穩了身子，閉上了眼睛，車裡的暖氣像一張很舒服的毯子圍著我，讓我漸漸沉入睡鄉。我不知道我睡了多久，也不知道他什麼時候把車停了下來，但是當他的嘴吻在我的嘴上時，我驚醒過來。

我發現他的手正捏著我的胯下，一時迷迷糊糊地還沒弄清楚是怎麼回事。然後我開始抗拒。

「你操他媽的快滾開，王八蛋。」我尖叫著，想從他肥胖的身軀下掙脫出來。一隻像火腿般的大手扼住我的脖子。「乖一點，漂亮男孩，否則我就只好傷你了。」他猙獰地說，空著的那隻手在扯我的拉鍊。

「我操你！」我叫著，在他沉重的身體下不住扭動。

他的手指扼緊了，使我無法呼吸。「我想應該是反過來才對。」他用那對小眼睛瞪著我說：「懂不懂？」

我勉強點了點頭，眼前已經出現了飛舞的黑點。想到這個人要強暴我，而我卻一點辦法也沒有，使我心裡充滿了憤怒，但我深吸了一口氣，勉強自己放鬆下來。

「這樣好多了。」那個胖子說，他鬆開了我的脖子，「只要你把我要的給了我，然後我們就可以開心地上路了。」他說著把我的牛仔褲拉脫下來。

「求求你，不要。」我哀求道，一面狂亂地伸手去摸車門把手。

「我會很溫柔的。」他低聲地說，然後又把他的嘴唇往我嘴上壓了下來。

他的舌頭伸進我嘴裡，使我差點嗆住，但我勉強忍住，甚至假裝很享受的樣子。等他吻了好一陣，抬起頭來吸氣時，我問道：「到後座去不是會更舒服嗎？」

他仔細地看著我的臉，眼睛裡有警戒的表情，接著，因為我伸過手隔著他的褲子去摸他的陰莖，他咧開嘴笑了起來。

「我第一眼看到你就知道你是個小騷貨。」他說著用手撐起身子。我馬上看到這正是我的好機會，也立刻付諸行動。我屈起兩腿，兩腳用力地朝他臉上一蹬，同時扳動車門的把手。我聽到一聲尖叫，而我掉落在車外，背部著地，我顧不得疼痛，馬上翻滾開去。我發出一聲低哼，連滾帶爬地進入一叢灌木。不理那些刺進我赤裸身體的小刺，儘快地逃離那輛車子，然後才將褲子拉了起來。

「操他媽的小婊子！」他怒吼了一陣，最後把車開走了，只留下我一顆心狂跳不止。

我在黑黑的林子裡坐了好久，兩腿縮著，膝蓋頂在胸口，兩手抱緊兩腿。他會不會在外面等著我？我不知道，也不想弄清楚。雖然我凍得直冷到骨頭裡去，還是決定留在林子裡會安全得多。我在樹叢裡走著，眼淚刺痛了我的眼睛，我一路踉蹌，勉強定下神來，卻毫無目的地走著。

我走到精疲力盡，正想躺下來在灌木叢裡睡一覺，卻看到有燈火閃爍，那棟房子很小，也很黑，只有門廊上亮著一盞燈。我看著那棟房子，走向旁邊的穀倉，小心地溜了進去。穀倉裡一片漆黑，讓我怕得想換個地方，但是我已經累得不能動了。我伸出手去，在暗中摸索前進，腳不慎被絆倒，結果臉朝下跌在一堆稻草上。我急急忙忙地鑽進草堆，很快地就沉睡過去。

我醒來的時候，已經是第二天早晨。一隻灰毛的大狗正在舔我的臉，另外有一個陌生人，用他那對我見過最藍的眼睛看著我。那個人穿著一條工裝褲，蹲在我旁邊，皺著眉頭，一臉擔心的表情。

「你在這裡做什麼，孩子？」他問道。他的聲音溫柔而讓人安心。

「我……呃……」我才開口，肚子裡卻一陣咕嚕，讓我一張臉燒得通紅。

「看起來好像你在荊棘叢打了滾似的。」他喃喃地說著站了起來。「到屋裡來，我正在做早餐。」

我望著他走開的背影，遲疑了一下，然後跳了起來跟在他後面，「我名字叫包德。」

「我叫克里斯欽。」他說。我們走進了廚房，他著手弄早餐。

我坐在那裡緊張不安地說著閒話，一面覺得他那肌肉結實的背部讓我感到很興奮。我盡量抗拒這種想法，因為我知道這些奇怪的想法不該有，男人不該因為另外一個男人而興奮，至少我有生以來所受的教導都是這樣說的。可是，在我低垂下眼瞼，從睫毛中望著他的胴體時，我悸動的勃起陰莖卻開始分泌出汁液來，心裡也一直想著，不知道他赤裸的肉體和我緊緊相貼會是什麼感覺。我怎麼能有這樣病態的想法呢？我覺得很不該，所以在他把一個裝滿食物的盤子放在我面前的時候，我始終沒有正眼看他。

「吃吧。」他說著靠在料理檯上，喝著他的咖啡。

我非常感激地照他的話做，偶爾在我以為他沒注意時偷看他一眼。他並不是一個特別好看的男人，但是有一對迷人的眼睛，一頭暗棕色的頭髮，方方的下巴，鼻子看來好像曾給打斷過一、兩次。他的嘴唇有點太薄，但是卻有種讓我心動的感覺。

「你昨晚碰上什麼麻煩了嗎？」他問道，兩眼直望進我眼睛裡。「你臉上給劃破了好幾道哩。」

我聳了下肩膀，伸手摸了下我臉頰上那些還有點疼痛的地方。「上錯了部車子。」我說著，因為想起昨夜的事而打了個寒顫。

「最近這個世界真是亂得可以。」他輕柔地說，從小櫃子裡拿了個瓶子出來，走到我面前。「我們先清洗一下，免得感染了。」他一面解釋，一面小心地用消毒藥水搽著我的傷口。

在他指尖接觸到我的肌膚時，我渾身一陣顫抖，並由我突然覺得很乾燥的喉間發出一聲低沉的呻吟，而我鼓脹的下體也和我的心跳一起悸動起來。我的腹部抖動著，全身流過一種很陌生的感覺。我很快地看了他一眼，不曉得他是不是知道他讓我有了什麼反應。我對自己的慾望感到很慚愧，很快地轉開目光。

「好了，應該沒問題了。」他對我說，一面捏了下我的肩膀，坐了下來。

他靜靜地坐在那裡看著我，倒讓我手足無措起來，房裡越來越熱，汗水開始由我腋下流了下來。

「你要往哪裡去？」他喝著咖啡問道。

「西部。」我回答道，不敢正視他的眼光。

我感到臉上在發熱，一面扭動著身子，想換一個更舒服的姿勢，因為我那不老實的悸動陰莖正頂著我的牛仔褲。

「家人在那邊嗎？」他靠坐在椅上問道。我勉強自己看了看他，舔了下發乾的嘴唇，搖了搖頭。

「要是你吃完了，我們可以到另外一個房間去嗎？」他問道，起身把他喝完了的咖啡杯和我用過的盤子放進水槽裡。

我還來不及回答，他已經走到客廳裡，丟了幾個墊子在壁爐前的地上，盤腿坐下，對我笑了笑。我過去躺在他的身邊。他用手指輕彈著下顎，看看我的臉，一言不發。我又覺得臉上紅熱起來。

「包德，我要跟你說一件事。你也許會覺得很不高興，也許會想站起來就走掉。不管你怎麼樣，都不會傷感情的。可是我一定得告訴你，因為我覺得應該把話說清楚。」

我低頭拉扯著我襯衫袖口上一根脫了的線頭，只覺得我眼角有根神經在抽動，我咬著下唇聽他說話，我很喜歡他說話的聲調，低沉、沙啞的聲音讓我背脊上感到顫抖。我很恨自己會有這樣的感覺。

「我是個同性戀，而我非常喜歡你。」

我的第一個本能反應就是逃走，我這一輩子每次碰到和我那種奇怪的性慾有關的事時，都是逃避，可是現在我卻發現自己坐定在那裡，不敢置信地望著他。

「你看起來一點也不像……」

「同志？」他替我說完了後半句話，輕輕地笑了笑。「現在是真不容易看得出來。」他又補了一句說，他那對漂亮的眼睛閃動著覺得很有趣的表情。他停了一下，偏著頭，深深地望進我的兩眼。「這沒什麼好覺得羞恥的，包德。這並不是我們能選擇的事。」

我感到淚水刺痛了我的眼睛，就低下頭。「你怎麼知道的？」我問道，兩頰尷尬得發燙。

「你在對我發出訊號。」他回答道，一邊用一隻手指放在我頷下，把我的頭抬了起來。「否認也是沒有用的。」他輕柔地說著，擦去我流下的一滴淚水。

「可是我不想這樣。」我嗚咽著，投進他的懷裡。

「我知道，」他在我耳邊輕輕地說著。一面用他長著繭的手在我背後上下撫摸，將我緊抱在他胸前。「可是，」他繼續說道，強迫我正視著他，「如果你不順從自己的感覺，會讓你死掉的。」

「我寧願死也不要這樣。」我爭辯道，對自己感到厭惡。「至少我就不用看我父母那種憎惡我的眼光。」我說著把頭轉了開去。「他們叫我滾出去，永遠不要回家。」我感到喉嚨裡有種哽咽的感覺。

「啊，我明白了。」他說著突然伸手把我抱在懷裡輕搖著。

「我好害怕。」我承認道，我的私處脹疼到接近痛苦的地步。

「當然會怕啦。」他喃喃地說著，將我抱了起來。

我很想將我的嘴唇貼上他的唇，觸摸他赤裸的肉體，細細探索他的每一吋肌膚。但是，我卻像凍住了似地呆坐在那裡，內心充滿了恐懼與渴望。

我們的目光相遇，糾結在一起，不知過了多久，然後他試著用嘴唇輕拂過我的嘴唇，接著我全身又起了一陣顫抖，因為他的舌頭在往我嘴裡伸。

在流遍我全身的快感影響下，我張開了嘴，承受他熾熱的舌頭攪動我的舌頭。我伸出兩手來抱緊了他，兩人倒在地上，身體緊緊相貼，我們的嘴唇也緊接在一起。

「包德。」他低聲呼喚，吻遍我的臉，同時用他的手在我全身上下不住撫摸。

聽到他那樣叫我的名字，讓我全身興奮得發抖，因此更貼緊了他的身子。房間裡讓人越來越熱，所以等他開始脫我的衣服時，我也急切地幫著他。他的眼光在我赤裸的胴體上下逡巡，又讓我打了個寒顫，不知道他會不會喜歡他所見到的。

他就像知道我在想什麼，微笑著說：「你好美。」他的聲音很輕，然後他解開了他的工裝褲，脫掉了汗衫和內褲。

我入迷地看著他，把所有的一切細節都看得清清楚楚，從他右邊乳頭上的一個小痕印，到圍繞在他那根粗大老二根部鬈曲的黑毛。

我被他迷惑住了，伸出手去撫觸他那根往外淌著汁液的肉柱前端光滑的龜頭，然後抬起眼來看著他，而他那巨大而微彎的男性象徵完全昂挺起來。

「這！好……好大。」我結結巴巴地說，臉上羞得通紅。

他輕笑一聲。「並不比你的大。」

我不敢說，所以我什麼也沒說，因為他靠了過來，開始吮吸我的乳頭。那種快感讓我全身都起了雞皮疙瘩。他在我身上不住撫摸的手指就好像火焰般燒過我全身，使我在他溫柔的撫觸下，全身如火燒一樣，每一絲肌肉都充滿了興奮和渴望。我心裡禁不住想道：我為什麼花了這麼長的時間才發現這個天堂樂園。

他的嘴唇不住地往下移動，碰觸，輕舔和吻著我發燙的肌膚，使我呻吟起來。

「克里斯欽。」我叫著他的名字，在他用熾熱的舌頭由我大腿內側一路舔下去時，扭動著身子。

「哦，克里斯欽。」我又叫了一聲，因為他用舌頭不住舔著我鼓脹的陰莖。我覺得全身無力，任由他一再地挑逗我，使我喘息不止，卻仍向他要求更多。

他一步一步地向下吸吮我的每根足趾。再換另一隻腳，同樣地仔細吮吸一遍，然後由下往上來，我全身佈滿了一層薄汗。他的手指彎曲，穩住我青筋纏繞的粗大陰莖，輕揉著龜頭下方那敏感的一點，另一隻手則托起我的睪丸，我發出一聲尖叫，一波又一波的精液由跳動的龜頭不斷往外噴射。

他躺在我身邊，用他的汗衫擦淨我已軟的陰莖，然後吻了下我的鼻尖。

「下一次，我要好好地吸你，把你那裡面蜜汁全吸出來吃掉。」他對我說著，把我的手導引到他的肉柱上，那裡已經又濕又滑了。

「我以前從來沒這樣做過。」我坦承道，一面用手在他的屌上滑上滑下。

他大笑起來，「你都沒有自己自慰過嗎？」

我的臉脹得通紅，「呃，有過啦，可是我是說我以前從來沒有碰過另外一個男人。」

他用舌頭舔著我的嘴唇，眼睛裡閃過一絲開心的表情。「啊，我性感的小魔鬼，可是你一直想要吧？」他低聲地說道，他吻著我的嘴，那充滿熱情的長吻讓我的下體又昂挺起來。

我耳邊好像一直聽到悶悶的雷聲，我一面急切地吸著他的舌頭，一面越來越快地套弄著他的肉柱，就在我想他會把精液射出來的時候，他用力地一把抓住我的手腕，強使我停了下來。

「我想射在你那還沒有別人碰過的漂亮小屁股裡。」他在我耳邊低聲說，他的呼吸沉重而急促。

我猛然緊張了起來，不知道自己是不是能讓那麼粗大的東西插進我屁股裡。他好像感覺到我的害怕，微微一笑，親著我的脖子。

「不用擔心，要是你不願意的話，我們就不要那樣做．」他說：「不過，首先我要讓你享受一下過癮得你沒法想像的事——讓我來吸你的雞巴。」他說著，用手輕撫著我輕輕抽動的陰莖。

我因為期待而渾身顫抖，他躺在我兩腿之間，向我眨了下眼睛，然後開始舔我的老二。

他多年經驗所發展出來的技術讓我欲仙欲死，他的嘴、舌和唇使我不住扭動著身子。他發出很大的聲音來舔我的睪丸，一面還用一根手指插進我的後面。我本能地收縮起臀孔的肌肉，將他插入的手指夾得緊緊的。我聽到他發出一聲低低的輕笑，然後他握住我悸動的陽物根部，直吞進他喉嚨裡。口水從我嘴角淌了下來，我反弓起背來，將我的屌更深進他的嘴裡，同時仍然把那試探我後庭的手指緊緊圈住。

我發出哼叫的聲音，盡情享受流遍我全身的強烈快感。我的慾火高漲到令我頭暈目眩。他嘴裡傳來的火熱使我的陰莖像著了火一般。我整個人都被慾火吞噬。

小腹和大腿的肌肉全都拉緊，睪丸也縮緊了。在狂喜之中，我尖叫起來，男性的種子就從我抽動的大屌前端直射進他的喉嚨。

我的兩眼微張，喘息不定，在他把我的兩腿架在他肩膀上，同時將他的巨屌抵住我後面那個小洞時，我並沒有表示異議。他伸出舌頭來把我堅挺的乳頭上的汗舔掉，再用牙齒輕輕地咬著，使我的小腹抖動起來，他正視著我的兩眼，眼中露出疑問的表情。

我遲疑了一下，舔了舔我發乾的嘴唇，然後點了下頭。「給我吧，克里斯欽，讓我屬於你。」

他的嘴唇壓在我的唇上，開始很慢很慢，一點點地進人我那尚未經人事的後庭。

「操！」我叫了一聲，疼痛穿過我全身。

「放鬆，包德。」他低聲地說。一面吻著我的頸子，「一下子就不痛了。」他說著又往裡推進一吋。

「好痛。」我哼叫著，手指抓緊了他的肩膀。

「你要我停下來嗎？」他關切地問，眼中流露出擔心的表情。

我深吸了一口氣，搖了搖頭。「不要，我要感受你在我裡面的感覺，真的。只是我不知道那會像你在把我後面裂成兩半似的。」

「抱歉，我知道第一次很困難，可是最後你會很喜歡的，我可以向你保證。」

我微微一笑，把他拉過來吻他，我狂熱地吻著，不去理會他慢慢完全插入我體內時所帶來的疼痛。

「操！」我驚訝地輕叫了一聲，因為他在輕輕撞擊我的前列腺。

「操！」我又叫了一聲，熾熱的慾火直從我後背往上竄。我狂熱地緊抱住他，發出充滿快感的呻吟，而他不住地抽送。

我的全身陷入亢奮狀態，不停地對他輕訴愛的字句，兩手緊緊地扳住他的兩股。

「給我。」我叫著，在他用力衝刺時弓起身子來迎合著他，「啊，好棒，再給我！」我不住哀求，完全被包圍著我的快感吞沒。

克里斯欽將我緊緊抱住，臉埋在我頸邊，又快又用力地不斷抽送，他的呼吸漸漸急促。心跳得好大聲，汗水也由他的臉上滾落下來。

「我沒法再忍住多久了。」他警告道。一面往裡衝刺，將他的陰莖抽出，又再猛地插回，一而再，再而三地，最後他發出一聲沙啞的低吼，滾燙的精液射了進來。

他大口地喘息著，躺在我身上等他的心跳恢復正常，然後才在一聲輕響中將他的大屌從我身體裡抽退出來。他翻身由我身上滾落，平躺在我身邊，拉過我的手去湊在他的嘴邊，吻著我的手掌心。我們倆的視線交會，就再也不肯分開。

「我能在你這裡待一陣子嗎？克里斯欽？」我問著，伸手將他額前一綹汗濕的頭髮往外撥開。

他捏著我的手指，露出一口白牙笑著。

「想留多久就留多久。」他回答道，然後將我抱了過去，用力地吻我。

# 被寵壞的手槍少年

**我總是趁休息溜到倉庫，透過門縫，邊看工作中的老闆邊打手槍。在我的幻想裡，他會站在我面前，任我把精液射向他毛茸茸的腹部，和他堅硬的巨屌上……**

我這輩子就是給得到我的第一個男人寵壞了。

當年我剛滿十八歲，非常的靦腆。我生命中的前十七年半裡，一直是個又高又瘦的孩子，臉上長滿粉刺，還有嚴重的自卑感。後來，在我高中畢業後的最後半年裡，突然產生了變化：我的皮膚變好了，乾乾淨淨，體重從一百四十磅直升到一百七十磅，而且沒有肥肉。我照著鏡子的時候，就好像有個陌生人在回望著我。我很喜歡這個陌生人方方的胸肌、平坦的小腹，還有鼓突的二頭肌，可是我就是不能真正相信我所豔羨的對象正是我自己的身影。我給自己嚇到了。

另外一件讓我嚇到的事是女孩子對我的反應。在我以前很瘦的時候，她們完全不理會我，我也從來沒想到她們。現在她們會圍在我身邊，很挑逗地對我微笑，暗示我可以隨時約到她們。我知道我該趁機會占占便宜的，可是我發現自己對於和她們任何一個人單獨相處的事，一點興趣也沒有。我這種毫無反應似乎對她們不起作用，結果總讓我緊張而擔心。

最嚇到我的是約拿丹．班奈特。他是我的新老闆。他身材高大、體格健壯，臉上輪廓很深，一頭棕色短髮，還有一張很肉感的嘴。他在鎮上開了一家兼賣冷飲和雜貨的藥房，因為他長得英俊瀟灑，還有不少女性顧客特別從郊區開車到這裡來買藥，只是為了在他照處方取藥調劑的時候，有個眼睛吃冰淇淋的機會。他對她們所有的人都很客氣，但即使是再明顯不過的挑逗，他也都置之不理。班奈特先生是個抱獨身主義的單身漢，常跟他的顧客開玩笑說他已經娶了他的職業。

我們一見面就很投緣。當時我正想找份暑假工作來繳大學學費，看了他在報上的求才廣告而去應徵。去面試的時候，他讓我跟他一起坐在店鋪後面賣冷飲的櫃檯邊，把工作性質大概跟我說了一下。我向他保證說我能搬貨入庫上架，也會用拖把拖地，結果就這麼簡單地當場被錄用了。我們握手成交。他送我到店門口，很不經心地伸手摟著我的肩膀。他手臂的重量和溫熱的感覺讓我很舒服。在我走出店外時，甚至有點飄飄然的感覺。

第二天早上我去上班的時候，大門已經開了，不過裡面的燈還沒亮。

「班奈特先生？早安，我是瑞克。」

「早，瑞克。到後面來。」我繞過櫃檯，推開上面寫著「員工專用」的門，班奈特先生正站在房間中央，把他的西裝褲掛在掛衣架上。他白色的制服褲子和藥劑師的白色罩衫都掛在牆上一個掛鉤上。「我讓洗衣店把洗好的制服送到店裡來。」他解釋道：「這樣總比穿著開車到處走，讓人以為我是賣冰淇淋的要好些。」

我盡量讓自己不瞪著他，可是這實在是件不可能的事。他的身材真的是太棒了。我知道他的年齡和我父親差不多，因為他們是中學同班同學，可是他們之間的共同點也就到此為止。我爹長胖了，班奈特先生卻沒有胖，他的兩臂肌肉鼓突，青筋由手腕一直盤繞到肩上；線條清晰得像雕刻出來的胸肌就如兩塊堅硬的岩石，下面是平坦的腹部直連到窄窄的腰。

班奈特先生沒有穿一般的內褲，而是運動員穿的三角護陰帶，窄窄的腰帶前面往下彎，因為那裡面包著的那一大坨實在太沉重了，而後面的兩條帶子則框住了渾圓的屁股，看來和他身體其餘部分同樣的緊而結實。他拉到近膝彎處的白色長筒襪緊裹住他鼓突的小腿肚。在他的小臂、胸口、腹部和兩腿上都有短短的黑毛，讓他堅硬結實的肌肉稍微軟化了些。

「你的制服也在這邊，瑞克。」他遞給我一個塑膠袋。「這也算是你新工作的額外福利。」他說話時，我嚇了一跳，因為我先前一直在出神地瞪著他，心裡還有好多奇怪的念頭——那種念頭應該是我看著女人時才有的。

我滿面通紅地打開他遞給我的衣服——白褲子和一件白色T恤，全新的，雪白亮眼。我脫掉鞋子，解開皮帶，脫下長褲掛在班奈特先生的衣服旁邊，然後摸索著我襯衫上的鈕子。我突然對我的身體感到尷尬起來，對要袒露在他面前的事也覺得緊張不安。在襯衫由我肩頭滑落時，我感到他的眼光盯著我，我抬起頭來，他對我微微一笑，左手的五指張開，貼在他平坦的腹部，長長的栗色汗毛蜷曲在他的指關節上，在頭頂上那盞電燈的照射下閃著微光。我別開頭，穿上制服長褲，再把那件T恤由頭上套下。

「呃……你看還合身吧？」我把兩手向身體兩側平伸出去，看著我的老闆。T恤像第二層皮膚似地緊貼在我身上，強調出我寬厚的胸部和肩膀，窄窄的袖口沒法拉下來蓋住我臂部的肌肉，而且胸部的T恤更緊貼得使我的乳頭有如兩個橡皮擦似地突顯出來。褲子也很合身，包著我的屁股，也讓我胯下更為突出。

「穿在你身上好看極了，瑞克。」他走到我面前，開始幫我把袖子捲起。「不用讓這些整天綁著你的胳臂。」他說著一路把袖子捲上去，讓我的肌肉完全露了出來。他的手指壓在我的肌膚上，使我的肚子裡一陣緊，也讓我同時又冷又熱地顫抖起來。我深吸了一口氣，鼻子裡聞到他身上醉人的氣味——混合著刮鬍水、肥皂，還有另外一種讓我想起自慰的特殊味道。

「我很高興能請到你來工作，瑞克。」他伸手撣掉沾在我胸前T恤上的一根線頭，手指滑過我左邊的乳頭。我的心猛跳得像要撞上我的肋骨，破胸而出。

我的工作很簡單，只需要很多的力氣和一點點普通常識。班奈特先生是個真正的好老闆。每天他都特別會稱讚我什麼事做得好，通常他都會站在我身邊，不是一手搭著我的肩膀，就是伸手扶著我的手臂。有時甚至會張開手來拍拍我的屁股。那實在很滑稽——只是很快地碰了一下，卻總能讓我的屁股在事後還癢了好久好久。

我也特別在每天早上提早到店裡，好和他一起換衣服。起先我告訴自己我只是想給他一個好印象，但最後不得不承認看到班奈特先生幾近全裸的身子——尤其是他胯間那一大坨——讓我感到分外的刺激。我開始在夜裡也夢到他——很奇怪而性感的春夢，使我亢奮到醒來第一件事就是先打一輪手槍。所有更衣室裡的笑話都提醒我這樣是不正常的，可是我卻覺得很舒服。再說，我也沒辦法控制我的夢。

班奈特先生和我常會在密閉的空間裡工作。藥房裡的走道很狹窄，尤其是在處方調劑的櫃檯後面。我在他配藥的時候，就千方百計地找藉口到後面去。我也試著抗拒這種誘惑，但似乎控制不住自己。他從來不曾對我表示不耐煩，即使是他必須由我身後擠過去，他的胯間摩擦過我的臀部，厚實的胸膛則挨擦過我的背部，他也從不抱怨。只說聲對不起，然後用他兩隻大手扶搭在我肩膀上，或是圈在我腰上，從我身後擠過。我總會因此而勃起，而且兩隻手的手心全是汗。

碰到幾次這種情形之後，我會利用休息時間溜到後面的倉庫打手槍，我不在的時候，班奈特先生絕不會離開店裡，我聽得見他在前面走動，和顧客談話。如果我讓倉庫的房門打開一條縫，我就能看著他並把我的老二從褲襠裡掏出來撫弄。我能看到他工作時背部的肌肉在薄薄白色罩衫下的動靜，我會揉著我的手臂和肩膀，摸著我身上他碰過的地方，希望他的大手會撫摸我的身體，而我就這樣開始自慰。

我興奮的時候，乳頭就會堅挺起來，而且好像有電線直通到我的睪丸似的。我禁不住想知道他的乳頭是不是也和我的一樣敏感。他的乳暈很大很黑，前面的乳頭由黑色的胸毛裡挺伸出來。只要想到能把我的嘴唇貼上一邊多肉的乳頭加以吮吸，就會讓我的兩膝發軟。

我也花了很多的時間來想他的雞巴。在高中體育課後到淋浴間走過一趟，就知道由男人兩腿之間懸吊著的那玩意兒看來，人根本不是生而平等的。根據我所看過和讀到的資料，我判斷自己大約和一般人差不多，所以班奈特先生那裡想必藏著個大東西——一想到這個就讓我興奮得難以形容。我想像那應該是深棕色的，又長又粗，上面有很多的青筋纏繞，我猜想他有一對很相配的陰囊，又大又多毛，低垂在他結實的大腿之間。只要想到這裡，就有滾燙黏稠的液體由我的馬眼分泌出來，流到我的指關節上。

我狂亂地打著，渴望著那種讓體內糾結成一團的感覺，緊接著精液就射了出來。我的頭猛向後仰，全身肌肉緊繃。閉上眼睛，我彷彿看見班奈特先生站在我面前，用兩隻手握住他那根粗大的陰莖，讓我把我的精液射在他毛茸茸的腹部，他帶著微笑，看著我白色的精液一道道地由他黑色毛髮上滴落，落到他的巨屌上。

我靠在架上，把射在我手掌裡的精液舔乾淨，等著我的陰莖軟縮下來，好塞回褲子裡。等整理好之後，我洗了把臉，回到店裡。幾乎無可避免的，斑奈特先生不久又會和我挨著身子擠過，而我又會再亢奮起來。

到第三個禮拜末，我簡直是一塌糊塗，一天要偷溜到後面去打兩三回手槍，才不致讓我挺硬的老二撐起褲子而洩了我的底牌。不知道班奈特先生有沒有對我起疑心，反正他從來沒表示過。事實上，隨著時間的過去，他變得對我更為關切。有一天晚上，我經過整天在藥房後門口的卸貨平台上，把一箱箱貨品搬進倉庫和店裡之後，已經累壞了。我脫掉被汗水濕透的制服，只剩一條內褲，躺在長凳上。班奈特先生正在換衣服，身上除了那件性感的三角護陰帶之外，什麼也沒穿。可是他還說要替我按摩背部。我知道我得避免再引發什麼瘋狂的幻想，就跨坐在掛我們便服的置物櫃前那張長凳上，而他坐在我後面。

他的兩手一放在我身上，我全身的肌肉都繃緊了，然而當他開始按摩我的背和脖子，我便開始放鬆。等我真正感受到他的按摩時，他在長凳上移了下位置，大腿的內側壓緊了我大腿的外側。他腹部的毛髮搔著我的脊椎，同時，我感到有什麼滾燙的東西頂在我的屁股上悸動著。我幾乎不敢呼吸，怕他抽開身子打破我們的接觸。

他沒有動，卻把兩手從我的腰部繞到我的腹部。他開始撫摸，手指掃過我內褲下的腰身，然後向上移到我的胸部，他的手掌揉著我的乳頭，使我忍不住呻吟起來。

班奈特先生一言不發，就連我將頭往後靠在他肩膀上，他也沒有反對。

等他開始撫摸我大腿內側時，我開始恐慌起來。萬一他俯身向前，看到我勃起的老二把內褲撐得像一頂帳篷的話怎麼辦？這樣他就知道我是個變態了。他的兩手越摸越往上，他的指關節摩擦著我內褲前隆起的部分。我全身緊張，準備跳起來逃走，可是他並沒有把手抽開，反而開始摸向我的下體。我感覺到我的屌靠在他的手腕上，只覺得渾身一陣顫抖，而他的手指已經圈過來包住了我緊縮的睪丸。

然後班奈特先生抓住我的手腕，把我的手拉到我的背後。我的手指觸到他堅實的腹肌，接著碰到他三角護陰帶的腰部鬆緊帶。我輕輕地呻吟著，手指滑進了護陰帶，握住了他陰莖的根部。那裡又熱又粗，我的手指即使用力擠捏也圈不住。他在我身後慢慢地站起身來，我的手往下，再往下滑，撫摸著一根似乎永遠摸不到頭的長長肉柱。等到我的手掌終於接觸到濕黏的龜頭時，班奈特先生已經站直在我身後。

我轉過頭去看我摸著的是什麼。這個人有的，正是更衣室裡說閒話的人所稱的一根「馬屌」——一直垂落到大腿的一半，有我手腕那麼粗，前面的包皮幾乎將磚紅色的龜頭全部覆蓋。他的睪丸十分巨大，沉重地垂在毛茸茸的陰囊裡，左邊要比右邊垂得略高一些。我抬眼看看我的老闆，他正露出教人致命的微笑，把他的小腹向前一頂，讓他的巨屌碰著我的下巴。他低頭看看他的雞巴，然後再看著我，舌頭一伸一縮地舔著他的上唇。

「我從來沒有……」我口吃地說著，聲音越來越小。

「你是個聰明的孩子，瑞克。」班奈特先生笑著說：「我一直在注意你，你學得很快——尤其是你有興趣的東西。你的確很有興趣吧？對不對？」他又看了下他那根肉柱，收縮了腹部，使他的龜頭脹大而悸動起來，我坐在那裡瞪眼看著，完全被眼前所見迷惑住了。

他的陰莖真是無比性感——那樣長、那樣粗，而且非常有力。一條有我小指粗細的青筋從陰莖背後正中央直通而過，到他的包皮上才分叉開來，像幾支細小的手指。我用兩手握著那根陰莖，感到它在我掌心中跳動，摸上去很燙、很重，卻又像根橡皮水管似地富於彈性。我用力捏著，他的龜頭冠突起，由覆蓋著的包皮裡突伸出來，大大地悸動著，我伸出舌頭來舔了一下，所嚐到的味道有些鹹，也帶著些堅果的味道。我用拇指壓著一條沿他陰莖下方通過的肥大管線，馬上就有透明的液體由他的馬眼裡淌流出來。

我把他的陰莖舉到我嘴邊，開始舔著。他的手指插進我的頭髮裡，而他的龜頭滑進了我的嘴裡。我貪婪地吮吸著，想吸出更多淌流不止、令人陶醉的蜜汁。不管我吸得多用力，總會有更多甜美而溫熱的汁液來滿足我的飢渴。

我已經興奮到都不知道我吸到什麼程度，一直到他的陰毛搔著我的嘴唇，才發現我居然將他的大雞巴全部吞進喉裡而絲毫未被哽住。我很快地退開，為我自己剛做的事感到震驚。「我——我很抱歉。」我結結巴巴地說，怕他以為我是個變態。

「為什麼？瑞克？很少有人能這樣吸像我這麼大的陰莖。」他俯身過來，吻了下我的前額，讓他的手指順著我的脊柱直滑到我的股溝裡。「我想我們會是很好的一對——不管怎麼都行。」

他直起身來，將他濕熱的龜頭摩擦著我的嘴唇，我張大了嘴，他向前挺進，一直到他肥大的睪丸碰到了我的喉結。我伸手扶著他的大腿來穩住身子，而他開始前後挺突著他的小腹，抽出來一些，然後又深深地插回我喉嚨裡。讓他那肥大的陰莖刺著我的喉嚨好像是世界上再自然不過的事，我以前從來沒想過這件事，但一旦發生之後，我就確定了一件事——我愛吸大屌！

我蹲在他身下，頭向後仰著，手揉著他多毛的大腿和小腿肚，而他在我喉間漸漸硬了起來，他的巨屌越來越粗，越來越長，窒住了我的呼吸，使我眼中流出淚水。等他終於抽退出來時，那根肉柱昂挺在空中，被口水沾滿而濕滑閃亮。

他的手指由我的小腹向上到了我鼓突的胸部那一對挺突的乳頭。我低頭看著他兩手的拇指和食指撚著那對敏感的乳突，他緊捏著我的乳頭往外拉扯，慢慢地將我拉得站了起來，我感到他勃起的陽具滾燙地貼靠在我小腹上，他用力地撞擊著我，熱熱的液體由他龜頭前端溢出，噴到我的胸肌上，再流下我起伏不定的胴體。

他的兩手插進我腋下，毫不費力似地慢慢將我抬起，一直到他的嘴巴靠近我的胯下，他一口吞沒了我的那對睪丸，他的舌頭舔遍每一吋敏感的肌膚，讓我在他強有力的懷抱中扭動。我彎起兩腿，讓兩腳沿著他的大腿抬到他胯間，我用兩腳的腳心夾住他堅挺的陽物，用力擠捏。班奈特先生則用力地吸著我的睪丸。「把你的兩腿勾在我肩膀上。」幾秒鐘之後，他大聲地命令道，我照著他的話做了，他的手移動之後，把我舉得更高，他的舌尖舔過我的陰囊，然後開始舔我的屁眼。我呻吟著，由他把我拉下去，直到我坐在他那張俊美的臉上，他的舌頭伸進了我的體內，嘴唇親吻著我的後庭。

「停——」我叫道，我的足趾都蜷曲起來，呼吸變得急促沉重。「不要……先不要讓我出來。我……我要……要……」

「你要什麼？」他的舌頭抽退出來，從我兩腿之間望著我，我看到他的眼睛在我直挺的陰莖兩邊閃亮，他舔著我的睪丸，等我回答。

「我要你的雞巴——我要你進到我裡面。」

「你確定你真的想要嗎？瑞克？」我往下看去，看到他巨大的陰莖由他兩腿之間伸出來。我大概是瘋了才會認為我能受得了那話兒插進我的屁眼裡。這個想法讓我很害怕——卻也讓我的雞巴變得硬到發痛的地步。

「是的，求求你給我。」他把我放下，我仰臥在置物櫃前的那張長凳上，兩腿分開來伸在兩邊。班奈特先生面對我坐下來，把我的兩腿架在他兩邊大腿上。他的陰莖沉重地擱在我小腹上，碰觸著我在悸動著的陽具，我用手指順著那粗大的莖部摸過去，一面用力壓著，感受到在那滑滑的皮膚下鐵硬的感覺。

班奈特先生由他的櫃子裡拿出一個瓶子，打開了瓶蓋，把瓶口對準了我的屁眼，涼涼的油就流進了我的祕道裡，使我情慾高漲。他不住地擠捏著瓶子，最後使我感到快滿溢出來了，才把瓶子放下，他的陰莖滑下我的腹部，消失在我兩腿之間。

「盡量放鬆。」他低聲地說，一面把那富有彈性的龜頭壓在我被油弄得滑溜的洞口。我點了點頭，他用兩手握緊了我的兩股，緊到他手臂上的肌肉都鼓突起來，他的兩眼緊閉，嘴唇往上拉，露出了牙齒，我聽到他發出呻吟，而他的雞巴慢慢插入我那還屬處女地的後庭。

我已經發不出呻吟的聲音，深怕我一動就會射出來了。在他進入我的時候，我可以感覺到那種強烈的壓力，但卻興奮得不覺疼痛。我仍然不敢相信那個我垂涎近月的男人正把他挺硬的雞巴插進我的體內，準備好好的操我，再把他滾燙的精液射進我裡面。我慢慢地用我的手指撫摸著我的腹部，要知道他那悸動的龜頭已經深入我腹內的什麼地方。

班奈特先生把我拉過去貼靠著他，我伸手到我們之間，摸著我自己。他的睪丸緊靠在我悸動的屁眼上，他發出性感的哼叫聲，吻了我，把他滾燙的舌頭伸進我嘴裡，就像他把他火熱的陰莖插進我洞裡一樣。我的兩臂圈緊了他的頸子，把身體緊貼他的胴體摩擦著，感受他堅實的肉體，他的胸毛搔著我的肌膚，讓我的神經有如著了火一般，我將陰莖用力地撞擊他的腹部，也感到他的巨大肉柱在我體內抽送。

我在他懷裡狂亂地動著，享受他巨大雞巴塞在我體內的快感，每根神經都充滿慾望。班奈特先生伸手到我們之間，捏著我的乳頭，我叫了一聲，屁眼收縮，將他巨大的肉棒夾得更緊。他發出充滿快感的哼叫，我再次收緊我臀部的肌肉，為能引起他那樣的反應而得意，我在他懷裡慢慢抬起身子，然後再沉落下去，想不到他的雞巴操我後庭會讓我那麼舒服。

「準備好了嗎？」他問著，張開手來打了下我的屁股，我點了點頭，心想只要他的陰莖還在我體內，什麼事我都不怕。他把我往後放倒，由肩膀支撐我的身子，再將我的兩腿分開，開始操我，我的兩手反伸到頭後，緊抓住長凳，兩眼則盯著那把在我體內抽出刺進的肉刀，而他的速度越來越快。

這種事真難以形容：他的巨屌閃著油光，陰莖上那幾根青筋隨著他的抽送而越發鼓突起來，他不斷地用他的龜頭撞擊我體內的什麼東西，使得我全身因快感而痙攣起來，他不住喘息，胸口起伏，全身汗水淋漓，滴落到我的身上。

房間裡的空氣又熱又濕，充滿了我們肉體的氣息，班奈特先生越來越用力地操著我，把他的陰莖插得盡根沒入，在我體內攪動。我感到要射精的衝動越來越強，從我的腹內遍佈我全身，使我的肌膚為之紅熱。我的陰莖指向我兩眼之間，脹成紫紅色，每次他汗濕的陰毛掃過時，就彈跳起來。班奈特先生的鼻翼張了開來，繼續不停地抽送，使我扭動哼叫不止。

我第一波精液在他把抽送的節奏改成短促的刺戳時射了出來，射在我的臉頰上。他把頭往後一仰，發出嚎叫的聲音，我可以感到他的陰莖在收縮，然後一陣火熱的洪流直衝進我體內深處，他不斷地把精液射進我屁眼，充滿了我的腹內。他的頭往前垂落下來，兩手壓在我的胸口，身子在高潮過後仍然顫抖。我的兩腿圈緊他的腰部，拚命地想把他的陰莖留在我體內，不想中斷我們之間的連接。

他一直維持著挺硬的狀態好久好久。我們緊緊擁抱著，最後我的屁眼開始顫抖，而他的雞巴便滑了出去。班奈特先生扶我站了起來，久久地將我抱在懷裡，揉著我的背和屁股，同時教會了我高潮之後的吻可以比之前的更性感。最後我們終於穿好了衣服，由他開車送我回家。

第二天早上，我的屁眼有點痠痛，但等我上班時，卻很樂意承受在等著我的那根抹了油而昂挺的陰莖。在那個暑假剩下的日子裡，班奈特先生把男人用大屌所能做的事都教給了我。

他把我寵壞了——這輩子都給他寵壞了。

# 身價問題

**酒吧裡，那男孩露出粉嫩舌尖舔著嘴唇，對我靦腆一笑。看著他被牛仔褲裹得緊緊的渾圓小屁股，我心想：去他媽的，只不過是付幾塊錢打一炮，有何不可……**

「怎麼樣？你覺得如何？」我的哥兒們羅斯陪著我四下看看這間擠滿了人的酒吧，問我。

我看了看那些在喝酒、聊天和釣人的男人。「太瘦、太老、太胖、毛太多、頭太禿。天啦，那個又太傲了。」

羅斯生氣地看著我，「得了吧，馬克，我總算把你拉到這個地步了，挑一個人吧。」

「現在還早，還有更好的人會來的。」

「媽的，這話你都說了一晚上了！你又不是在找你緣定三生的愛人！都過了差不多一年了！」

「十個月零三天。」我脫口而出地說。

「你答應過我的！那個人怎麼樣？」

「不壞。」我承認道：「可是他太年輕了。」

「天啦，你也才二十五歲哩！至少去跟他聊聊吧，他從進門之後就一直在看你。」羅斯用他的手肘撞了下我的胸口，撞得很用力。「去呀！」

「好吧！老天……只要能讓你閉嘴，什麼都好。」羅斯為了讓我出來逛逛已經煩了我幾個月了。

我早注意到那個傢伙在看我。他長得滿好看的，有點沉靜。淺棕色的頭髮兩側修得很乾淨，頭頂上的頭髮則很濃密，也剪得很短。敞開大領子的襯衫袒露出幾吋光滑的胸部。

他有點緊張地看著我朝他走過去。粉紅色的舌尖伸了出來舔著嘴唇，他靦腆地一笑。已經有好長一段時間沒有人像這樣公然表示仰慕地看著我了，尤其是傑夫……

不行。我今晚不要再想傑夫。

我為他買了瓶啤酒，我們一面聊天，他一面用手指在他的啤酒瓶上畫著不同的花樣。長長的睫毛半遮著他那對藍色的大眼睛。可是，就在我正想著要請他出去的時候，他卻從口袋裡掏出了一條綠色的大手巾，擦乾淨了他嘴唇上的啤酒泡沫。

「你在上班嗎？」我問道。

「嗯，當然。」

「還喜歡這份差事嗎？」我好奇地問。

他聳了下肩膀。「賺錢嘛，可以過日子。」

原來如此，我第一個找上的人竟然是個牛郎。媽的，我在雜誌裡看過這種用綠色手巾來打暗號的事，可是我實在沒想到現在還真有人用這一套。我想把他給扔到街上去，垃圾就該丟在街角。

就在這時候，他的手巾掉在地上。他花了很長的時間去撿。我看著他被牛仔褲裹得緊緊的渾圓小屁股，在心裡想道：去他媽的，有何不可。這樣反而容易得多。

既沒期待，也沒負擔，更沒有罪惡感，只不過是付幾塊錢打一炮，沒什麼了不起。我一面想著，一面上下打量他。「也可以了。」我最後對他說道：「二十，對吧？」

我原以為他會要更高的價碼，可是他很開心地笑了笑說：「嗯，對。」

「太好了，我們走吧。」他完全不知道他自己值多少。大部分人都會願意出更高價碼的。

他好像有點意外。「你不想再來瓶啤酒什麼的嗎？」

「我那裡也有啤酒，你到底要不要來？」

在開車回家的路上，他沒有說多少話。我看看坐在我身邊的這個陌生人，又重新考慮了一下。不確定自己是不是想幹這件事。付錢買春好像太隨便了。可是緊接著我就回想起他刻意展示給我看的那漂亮的屁股，我的老二馬上硬挺起來，因為我很想進到那漂亮逗人的小屁股裡面去。

等我們回到我住的地方之後，我坐在長沙發上，兩手擱在椅背，看著他喝啤酒。他一面盡量找話題和我聊天，一面不停四下環顧。大概是在查看有什麼可以偷的東西。那套立體音響很安全地放在臥室裡。像他這種街頭混混的牛郎，想必不會知道我們這間佈置得極其簡單的客廳牆上所掛的那些石版畫價值如何。而他是絕不可能被允許躺上我和傑夫以前共枕過的那張大床的。

他說他的名字叫湯尼，他開始和我說他在大學所念的商業課程和他的兼差。我可以想像得到他是哪種「商業」。我其實根本就沒有注意聽，因為反正我完全不會相信。我只想趕快把事情給辦了。

我喝完了杯子裡的啤酒，別有含意地用手摸了摸我的下體。「你喝完了嗎？」

他瞪著我的胯下，吞了口唾沫，他的杯子裡還有半杯啤酒，可是他把杯子放了下來，「我想我喝不下了。」

我等著他的下一步行動，可是他就只坐在那裡看我自摸，我看得出他褲襠裡開始隆起，可是他並沒有用手去碰那裡。也許當顧客的應該採取主動。

「我向來不喜歡兜圈子，我們兩個人都知道你為什麼會到這裡來。我會告訴你我想要的是什麼，如果你有別的想法，現在就說給我聽。」我說。

「你不會搞什麼奇怪的事吧？」他緊張不安地問道。

「不會，我只是想發洩一下。可是首先要看看到手的是什麼貨色。你看起來好像身體相當漂亮，讓我看看吧，把你的衣服脫掉。」

他遲疑了一下，然後站了起來，他的手指摸索著解開襯衫的釦子，將襯衫脫掉，露出他並不十分壯碩的胸部，和像兩個銅幣一般大而扁的乳頭。幾許黑毛由他的腋窩下伸了出來。在他將牛仔褲拉下的時候，一根六吋長，很粗而硬的陰莖跳脫出來，拍打在他的腹部。

我站起身，用手摸遍他光滑的肌膚。沒有想到的是，我居然感受到他在顫抖，我並不覺得屋子裡很冷，而且他的臉和他的老二都紅通通的。

我抓住他的臀部，用力地把他拉得貼靠在我身上，一面揉著他的屁股，他的身子靠在我身上摩擦，發出呻吟。

「把我的衣服脫掉。」我命令道。

他的兩手極快地在我襯衫上動著，將釦子解開，手指探入我胸口的胸毛。「你摸起來好棒，又暖又毛茸茸的。」他說著，用嘴唇在我胸口一路親下去。

我站在那裡，讓他的舌頭舔過我的肌膚，熱熱地舔吸我的乳頭。能再感受另一個人的肌膚，感覺棒極了。他吻著我的頸窩，伸長了身子來吻我的嘴唇，我轉過頭去，讓他的唇落在我下巴上。天知道這張嘴以前都親過些什麼地方。

一時之間，我幾乎忘了他是個做什麼的人。我把手搭在他肩膀上，把他往下推去。

「好大啊。」他佯裝很敬畏地說。

我的陰莖不錯，又粗又直，前面的龜頭很肥大，可是只有賣身的牛郎才會假裝我這根七吋長的東西比一般人要強得多。他好像很害羞似的，把我的陰莖輕輕握著，那種小心翼翼的樣子就好像那是玻璃做的，然後才試著舔了一兩下。

「吸我。」我咆哮道，我伸手抱著他腦後，把他往下壓著。他一下子哽住了，頭往後退——我相信他還在演他「哎呀你的雞巴好大」的戲碼。以一個賣身的牛郎來說，他吹喇叭的技術實在不好，得把他的頭前後推拉才讓他弄對了節奏。我簡直把他的頭當籃球似地在操縱著。

不過他好像還是很喜歡，一旦抓到了竅門，他就很用力地吸著我脹大的陽物，而且能整根全含進去。他抬起眼來，透過長長的睫毛來看我，嘴唇在我陰莖根部圈得緊緊的，兩邊兩頰因為用力而凹陷下去。我的手探入他頭上濃密的鬈髮，再把他額前的頭髮撥到一邊，讓我可以看到他的眼睛。他那樣強烈的慾望真教我吃驚。

他一面用舌頭舔我的陰莖，一面用手撫摸我的兩條大腿。他嘴的熱氣、舌頭潮潤的愛撫，都讓我瀕臨高潮的邊緣。我用力地將他的頭由我胯下推開。他大口地喘著氣，一絲口水從他嘴唇連到我紅得發亮的龜頭上。我簡直等不及要進入他身體裡。

「你有個好漂亮的小屁股，小子，讓我們看看是不是會比你的嘴巴更棒。到長沙發那邊去。」

他站了起來，慢慢地走到長沙發邊。站定了腳步，回過頭來看我。「不能讓我再吸你嗎？」他用柔和的聲音問道。「我以前從來沒有這樣做過。」

對，說得像真的一樣，這小子真該去演戲的。他甚至還微微地發著抖，好像真的很害怕似的。大概他假裝還是第一次的處男的話，可以拿到更多的小費吧。

我站在他身旁，昂挺的陰莖因充滿期待而彈跳著，他抬眼看我，他真的很知道怎麼用他的那對大眼睛。他嚥了口唾沫，「我不知道是不是能受得了。」

我知道這也是他的把戲，可是仍然禁不住感到分外的興奮。他可以演他的，可是我們得照我的規矩辦事。

「翻過身去，用兩手撐著跪在沙發上。」在那一瞬間，我覺得他那對藍色的大眼中閃過一絲傷心的表情，但仍然照我的話做了。

不用看著他的臉，讓我覺得輕鬆多了，我拿出潤滑劑來塗抹在陰莖上，等我站在他身後，伸手扶住他的臀部時，他突然驚跳閃躲。「不要動。」我叱喝道。他整個人僵住了，穩住了身子，我挨了過去，把我的龜頭塞進他雪白的兩股之間。熱力從他的後庭傳到我的龜頭。他渾身顫抖，這小雜種真想要呢。

我向前推去，享受著他緊緊的小洞穴慢慢張開的感覺，他痛哼一聲，往前退去。

「好痛。」他喘息道：「我想我沒辦法受得了。」

「才怪。」我用力衝刺，只想讓我的陰莖被熱熱的肉壁裹住。
「求求你，慢一點。」
他這種表演已經讓我感到厭煩，我抓穩了他的屁股，用力往裡一送，穿過了那一圈肌肉，將我的陰莖插入了一半。
他發出很奇怪的一聲痛叫，在我身下顫抖不止。我並沒怎麼在意，只忙著享受他將我緊緊夾住的那種熾熱的感覺。我能感受到他的肌肉在我四周抽搐。實在是太棒了，我看著他的兩股在我將整根大屌慢慢完全插入時不住顫抖。
「嗯——小子，你的洞真好，真緊。」
在我每次衝刺時，他都發出小小的喘息聲。我變化著角度，開始在每次深入時都摩擦著他的前列腺。
「啊，好棒。」他嘆息了一聲，然後配合著我的動作擺動起來。
我伸手去握住他粗粗的陰莖，用我們身體的前後抽送使他的陽具在我手裡進出。
我俯身向前，用我的臉去揉擦他有甜美香氣的頭髮，吻著他的後頸。我的嘴唇滑過他光滑的肌膚，嚐到他略帶鹹味的汗水。我舔著他的耳朵，再用舌尖朝裡探索。

他扭過頭來，要吻我的嘴，我湊過去吻他，但就在我的嘴唇馬上要碰到他嘴唇的時候，我突然想了起來。

婊子的嘴！我不在意操他，可是我才不會親吻一個小婊子呢。在一時衝動之下，我將牙齒擱在他後頸上，然後咬了下去。他驚跳起來，發出一聲痛叫。

我直起上半身，開始真正用力地操他。我看到在他肌膚上留下的齒痕。我只想趕快做完了事。我想錯了，這根本不是我想要的。

我的小腹不停地衝擊著他的臀部，汗水由我身上滾落，我們兩個都因為我用力衝刺而發出哼叫的聲音，他的手指抓著椅墊，那樣用力地維持他所在的位置，讓他的指關節都泛白了。

雖然我不斷地在他體內一再抽送，卻似乎無法達到高潮，我拚命想發洩出來，就又開始套弄這個牛郎的陰莖，因為我知道等他射精的時候，他肌肉的收縮會讓我也射出來。他的老二只半挺硬著，但是在我愛撫了幾分鐘之後，就完全硬了起來。

我放慢了速度，讓自己再撞擊著他的前列腺，他發出充滿快感的呻吟，身子扭動著往後抵住我。我用拇指不住撫弄他的龜頭，感到他全身一陣顫抖。他的馬眼張了開來，不停地流出滑滑的液體。我挑逗著那個小小的開口，然後再頂住他最敏感的一點。他一陣抽搐，喊叫出聲，將精液射滿了我的手。

他內部的肌肉圈緊了我的陰莖，讓我到達高潮，我的精液一波又一波地射了出去。我的兩手緊抱住他，身子與他緊貼，一直到我把最後一滴精液都射進他體內深處。他仆臥在沙發上，我一動也不動地躺在他身上，他溫暖的胴體在我身下仍在顫抖著。然後他翻過身來，用他那對藍色的大眼睛望著我，平靜地說：「我從來沒想到會痛得那麼厲害。」

我想道：又來了。我爬了起來，不想再看到他。我撿起丟在地上的褲子，抽出我的皮夾子，丟了兩三張二十美元的鈔票在他赤裸的身體上。

「這不是因為你表演得好才給的小費。叫部計程車回去吧，我要去沖個澡。」

他很震驚地看著我，開口想說話。

「不要囉嗦了。」我疲倦地說：「在我洗完澡出來之前趕快走。」

好了，事也辦完了，想發洩也發洩了，花的錢並不那麼多。可是不知怎麼的，我仍然希望自己原先只留在家裡自慰。我聽到關門的聲音。我靠在牆上，讓熱水沖過我的全身，把他留在我身上的味道洗掉。突然之間，毫無理由的，我哭了起來。

等我從浴室裡出來的時候，只覺得屋子裡安靜得出奇。我原先還以為到這時候我應該已經習慣於寂靜了呢。

我機械化地撿起我的衣物，把沙發上的墊子放整齊。就是在這時候，我看到了那些錢。

然後我才想到他並沒有說謊，那真的是他的第一次。起先我無法了解他為什麼假裝自己是個賣身的牛郎，後來我才發現他從頭到尾都沒談到過錢的問題，我看到他的綠手巾，就以為他是做這一行的。媽的，在我問他是不是在上班時，他大概認為我是在問他的職業。真正想起來，他的確沒談到錢的事，我說：「二十，對吧？」他表示同意，可憐的小孩想必以為我在猜他的年齡。我怎麼會那麼笨呢？

我把他當個男妓對待，不，即使是賣身的牛郎也不該受到這樣的待遇。現在他走了，坐在一部計程車裡穿過夜間的街市，而我永遠沒有機會對他說我有多抱歉。我從他那裡奪走了一些永遠無法歸還的東西。

等一下，計程車向來不會來得這麼快的。媽的，說不定他是一路走回去。要是他往酒吧那邊走回去的話，就會還在大路上，也許我還能趕得上他。

外面開始下雨了，兩滴打在我汽車的擋風玻璃上，然後又被規則擺動的雨刷刷掉，我開得很慢，搜尋著他的身影，可是沒有他的任何蹤跡。

我開車回家，自怨自責。我有過一個機會，卻被我搞砸了。更糟的是我那樣對待一個天真無邪的孩子。不錯，當時他也想要，可是我覺得好像自己強暴了他。

雨落在我的車頂上，我把車停在車道上，很怕回到空蕩蕩的家裡。他怎麼可能在那麼短的時間就走得那麼遠了呢？也許有人在路上讓他搭了便車，啊，天啊！我希望那會是一個好人，這一點恐怕我是永遠也不會知道了。

然後我突然想到一件事，他說不定走反了方向，外面那條大路很長，分成好幾段橫越過城裡。我將車開出車道，往南邊開去。路邊的房子漸漸少了，其中還夾著錄影帶店和一些小小的停車場。我著急地望著車窗外。

然後我看到了他，他低著頭，兩手插在口袋裡，在雨裡走著，完全沒注意到四周，我把車開到他身後。他轉過身來，在車燈照射下像一隻受驚的鹿，不知道該站定還是逃開。我打開車門，突然發現不知道該對他說什麼。

雨水打濕了他長長的睫毛，流下他的臉頰，他抿緊了嘴，眼裡的神色由恐懼換成了憤怒。「怎麼了？你覺得錢花得不值得嗎？」

「湯尼，我很抱歉。我只想對你道歉，我不希望你覺得……」

「覺得你是個混蛋？來不及了，老兄，我已經得到了這個結論。」

「我不怪你生氣，只要讓我解釋，至少讓我們不站在雨裡，好好談一談好嗎？」

「要是你以為我還會跟你去什麼地方的話，那你一定瘋了。」

「湯尼，拜託……」我伸手去拉他的手臂，卻冷不防地被他一拳打得我踉蹌後退。我揉著下巴。痛死了。

「我原先還喜歡你呢！」

「我知道，小子，對不起。現在讓我開車送你回家去好嗎？還是說你要再打我一拳？」

他低頭看了下他的拳頭，搖了搖頭。「我的手好痛。」

「你要我送你到哪裡？」

一時之間，他似乎有點茫然。「我不知道，我跟家裡說我今晚在一個朋友家過夜，要是我現在回去，他們一定覺得很奇怪。」

「你的確沒有理由相信我，反而有太多的原因不信任我。可是我求你信任我一次，你可以在我家過夜，我保證不會碰你。我覺得這是我欠你的。」我說。

我沒有想到的是，他答應了。想來是突來的大雨比我的保證更有說服力吧。畢竟我們沒有談多少話，我連自己都不懂為什麼會有先前的想法和行為，又怎麼能向他解釋清楚呢？我給他在長沙發上鋪好床，再次向他道歉，然後上了床。就在我把毯子拉過來蓋好的時候，卻抬頭看見他赤裸的身子，在黑暗中如蒼白的影子浮現。

「我們能不能再試一次？我不想讓先前那樣的情形留在我的記憶中。」我默默地掀開了毯子。他滑進來躺在我身邊，赤裸的兩腿貼在我的腿上，我伸手抱著他，抱得緊緊的，他的頭枕在我肩膀上，軟軟的性器官燙燙地靠著我的大腿。

「這樣好舒服。」他嘆了口氣，用嘴唇輕掃過我的喉頭。

我就這樣抱著他過了好久，一面慢慢地摸著他的背，梳理著他的頭髮。一時之間，我試著讓自己以為我抱著的是剛和我吵過架的傑夫，可是沒有用。他的肉體、頭髮和氣味都不同。那不是傑夫，而是湯尼，他很溫暖，活生生地在我身邊。一切都會很好的。

他的陰莖靠在我大腿上，挺伸起來。我把他抬到我身上，伸手摟著他的後頸，將他慢慢拉下來，最後讓他的唇吻著我的唇，這個吻十分甜美，也帶著幾分遲疑。我溫柔地吮吸他的下唇，用我的舌頭沿著他嘴形的輪廓舔了一圈。他的呼吸急促起來，嘴唇張開，我的舌頭伸了進去，品嚐他嘴裡的甜美溫暖。他靦腆地用他的舌頭輕觸我的舌頭，舔過我的嘴唇，然後收了回去。

我的舌頭在他的嘴裡轉了很久，重新發現男人的吻有什麼味道，是什麼樣的質感：口腔內那種濕滑的感覺，暖暖的舌頭捲動，還有冷冷的齒列，像被海水沖刷過的卵石般光滑和堅硬。我們彼此吮吸，卻更感飢渴。

我吸著他的下巴，再沿著他圓柱般的頸子一路吻到他的肩膀，我將他的兩臂推上去，親吻他腋下那如黑絲絨的森林。湯尼扭動身子，發出輕笑，然後嘆息著讓我去舔吻他濕潤的腋窩。

我往下移動，把他的兩顆乳頭吮吸得堅挺起來，再愛撫他光滑的胸部和腹部。在我舔向他那叢陰毛時，他發出輕微的呻吟，想將我的頭再往下推。我吻著他大腿和胯間相接的地方，然後停了下來。

「翻過身去，我要舔遍你的全身。」

湯尼發出情急的哼叫，但還是將身體翻轉過去。我按摩著他的背和肩膀，吻著他的後頸。他不停地發出呻吟，而我一路往下親著、咬著、舔著他的身子。我抓起他的一隻腳，舔他的腳底心，然後我的舌頭伸進他的趾縫間，使他扭動著笑起來。

我往上移動，舔著他的一條腿，同時用我的指尖在他另一條腿上畫著圈圈。等我舔到他膝彎的時候，他全身一陣顫抖，兩腿分了開來，露出他兩股間深深的股溝和他緊緊的粉紅色小洞，還有他的陰囊。我舔著他的卵泡，把他的兩粒睪丸在他那對光滑如絲緞的袋子裡來回滾動。

「求求你。」他呻吟道：「不要再讓我這樣等著。」

「你要什麼呢？湯尼，告訴我，你要這個嗎？」我問著，一面用舌尖輕舔過他兩股之間的那道深溝，又溫柔地用指輕觸他那正在顫戰的小洞。

「對，」他說，可是我感到他身體的緊張，我的陰莖渴望能插進他熾熱的體內，但是他的身體還沒有準備好。

「還是說你想要的是這個？」我親了下他的屁股，把手伸到他身下，將他的陰莖拉下來，把他通紅的龜頭含在嘴裡。

「對！我兩樣都要！我不知道，求求你，我要你，我現在就要你！」

「起來，我要讓你享受這輩子最過癮的事——讓我好好地吸你。」

我仰臥著，他的屌在我的臉上跳動，龜頭像紅寶石般閃著亮光，前面的馬眼有一滴晶瑩的水珠，他的睪丸在我頸上滾動，又熱又硬，裝滿了他的精液。我拉住他的陰莖在我臉上摩擦，著迷地看著他那一粒水珠滑了下來，成為一道銀線，黏在我的臉上。

湯尼朝前俯了過來，用他的陽具靠緊我的嘴唇，我張開嘴，讓他進入。我先用舌頭托著上下動了幾回，然後整個吞進嘴裡，讓他的陰毛刺著我的鼻子。他的屌並不長，但是很粗，滾燙的肉柱塞滿了我的嘴。

他在快感中閉起了眼睛，我的舌頭纏繞著他的雞巴。他的胸前閃著汗珠，我的鼻子裡充滿男人性興奮時所散發的氣味，我用舌尖捲在他又硬又大的龜頭上舔動，他的陰莖在我嘴裡悸動抽送。等他抽出去時，我將他的屌握在手裡，用舌頭去舔那富彈性的龜頭。

他的小腹用力朝前一頂，又插回我的嘴裡。起先還很小心，接著就越來越不顧一切地操著我的臉。我自己的陰莖彈跳著，拍擊著我的腹部，像在求我照顧它，但我暫時不予理會，這次我要為湯尼而做。

我兩手抱著他的兩股，把他往前拉得更近。他的臀部肌肉收縮又放鬆，往裡衝刺得更深。我用力地吮吸，他嘆息一聲，粗大的雞巴塞滿了我的嘴巴，我能由貼在我舌頭上那根筋絡的脈動感受到他的心跳，他全身顫抖，睪丸緊貼住他陰莖根部。

他的身子矗在我上方，滿身大汗淋漓，全身肌肉緊繃。我更用力地吸著他，欣賞著他忍不住的呻吟和哼叫。我的陰莖狂亂地敲打著我的肚子，我的手伸下去握住，用力地來回撫弄。

我的另一隻手伸進他兩股之間，按摩著他陰莖的根部，然後將拇指抵住他顫抖的屁眼。他那裡張開來，將我的拇指整個吸了進去。

湯尼發出極度快感的嚎叫，猛地將頭向後昂起，兩條大腿夾緊了我的頭部，精液迸射出來，他的高潮是我所見過最猛烈的，他的頸子突起在肩膀上，又粗又硬，像一根巨大的陰莖，全身都在抽搐抖動。

每一次爆發，都將大量的精液經過我舌頭直射進我的喉嚨裡。我握住陽具的手也飛快地動著，不到一秒鐘，我也和他一樣，把一波一波滾燙的精液射滿了他的背部。

他的叫聲漸漸變成喘息，我把他拉下來貼著我，然後吻了他。

「呣，這樣好棒。」他哼著說。然後他又坐直了身子，低頭看著我，眼光突然變得冷了起來。「你還欠我。」

「我知道。」我認真地說著，伸出手去撫摸他的臉頰。「我欠的真是還不清，你願意答應再來一次，算扯平嗎？湯尼，拜託。」

他眼中的神色柔和了，他拉起我的手吻著。「我想你知道我的身價了。」

我感到我腿邊有什麼在蠕動，低頭看去，看到他的陰莖已經又開始挺硬起來。

湯尼也低頭看了看，咧嘴笑道：「當然，這只是第一次叫價。」

# 獸醫的私密診療

新來的獸醫先生，醫術好得不得了，甚至連我的「私人需求」，他都能完美診療……

說起來實在不算什麼，我在馬康鎮外大約二十哩的地方有近一百畝的地，在那裡餵養了一些豬，能賺幾個小錢，還有一小群乳牛，能讓鎮上的銀行很快樂，因為賺的錢可以讓我還清買卡車的貸款，他們甚至還願意讓我再多借點錢——可是我還沒笨到那種程度，去招惹大部分小農夫最後會碰上的麻煩。我現在所有的，全是我真正賺來的。

在農場上的事足夠我從日出忙到日落，一個禮拜忙七天。我沒有多餘的時間去操心別人的事——也沒有時間去做多少社交活動。事實上我向來就對所有女生跟她們男朋友、或是男生跟他們女朋友玩的遊戲沒有興趣，所以我也不會挪出時間來和別人交往。

我二十八歲，身高六呎，體重足有一百八十五磅，金髮藍眼。我從來沒有自以為長得漂亮或是不夠好看，可是有些偶爾來走一趟的旅行推銷員，好像對我頗感興趣似的。

今年七月天氣熱得簡直比地獄還可怕。更糟糕的是，我得獎的乳牛在我餵食的時候表情十分奇怪，因為牠所懷的第一胎隨時會臨盆，所以我把牠趕回屋裡，給鎮上獸醫院的老醫生費哲史東打了個電話。我只聽到他的答錄機，不過這位老醫生很好，不像我聽說附近鄉鎮上其他的獸醫那樣讓你久等在那裡。

我回到穀倉裡盡我所能去幫我的那條母牛，一面等著費哲史東醫生來。

乳牛一直想站起來，可是力不從心。牠一直用力又撐又推，我抱著牠的頭，撫摸牠的頸子，牠抬起頭來看我，眼睛裡那種鈍鈍的表情，只有動物在遇到牠們信任的人類時才會有。

「嗨！」有個男人的聲音在倉房門外叫道：「有人在嗎？」

「在這邊。」我叫了一聲，站起身來，往外面黑黑的陰影裡找剛才說話的人。

「嗨，你好！」低沉而充滿男子氣概的聲音迎面而來，聲音的主人由暗處走過來，停在我和我的乳牛身邊。他個子很高──比我還高──一頭黑髮，一張有稜有角、鬍根刮得很乾淨、相貌很俊美的面孔，大約比我大五歲左右。

「你好，」我回答道，一面低頭去看那頭母牛，對我因為那男人的外表而有的反應感到有那麼點不自在。「有什麼事嗎？」

「我是維克．費哲史東。這裡有人打電話找我來的。」他很客氣地微笑道。

「啊，那不是我……費哲史東？」我回頭看看他，抓了抓腦袋，有點不解地說：「我是三個鐘點之前打電話找老醫生費哲史東，因為我的母牛要生產了。可是你一點也不像是個老醫生。」

「他是我爺爺，小子。那，你爹呢？」

「他已經死了快五年了。」我感到怒火直冒上來，「是我給你爺爺打的電話。」

這位維克．費哲史東這才注意到我。他的眼光上下打量我，好像我剛剛才突然在他面前長大了似的。他好像把我也看得太久了些，讓我不自在起來，這種感覺就和剛才我覺得很喜歡他長相時的感覺一樣。我不由自主地打了個寒顫。

維克．費哲史東的眼睛裡閃著開心得意的光輝，「也許你最好讓我先看看蓓西——」

「牠的名字叫碧翠。」我告訴他說。

「好，就是碧翠。你何不到外面去涼快涼快？讓碧翠和我把牠的孩子接到這個世界來。」他又上下打量了我一番。「你甚至還有時間給我們煮點咖啡——如果你願意的話。」

我穿過穀倉的影子到了外面空曠的地裡，兩手深深插在我牛仔褲前面的口袋裡，新鮮的空氣使人感到涼爽，尤其是從悶熱的穀倉裡出來，更是讓人精神為之一振，而我發現自己滿身是汗。我也非常疲倦——今天一天已經讓我夠累的了。想到這兩件事的時候，我正茫然地瞪著穀倉外的水槽。

我坐在水槽邊上，脫掉靴子和襪子。既然想到身上的汗水和塵土，就決定把這兩樣洗掉。我脫了牛仔褲，光著身子爬進水槽裡，再躺了下來，好像自己是在屋裡溫熱的浴缸裡一樣。我躺著把全身泡在水裡，享受水流愛撫我肉體的感覺。

我有點想打瞌睡，進入一個不再為任何事煩心的境界，我的思想模糊而飄浮不定，想像著這個維克·費哲史東全身赤裸，有一根我能想像到最大的屌昂挺著，幻想著我們兩個能互相做的一些事情，我的老二從來沒這麼鐵硬過——我那出生於南方喬治亞州長達八吋的肉柱頭部由包皮裡鑽了出來，頂到水面上。我滿面傻笑地慢慢用手撫摸著那裡，漸漸地沉入了夢鄉。

我不知道自己這樣待了多久。突然，我被人抓住我的頭髮，沿著水泥製的水槽邊給拉了起來。我很快地穩住身子，同時轉過去，一面抓住那抓我頭髮的東西，一面揮拳就打。

「等一下，等一下，他媽的！」維克·費哲史東在我後面叫道，他的聲音很粗暴。「先站穩了，我再放手。可以嗎？小子。」他的手臂圍抱著我的胸部，放開了我的頭髮。

我平靜下來，穩穩地站定在水槽裡。「好了，醫生。」我說著轉身對著他，勉強忍住怒氣。「你他媽的耍這種花招是什麼意思？」

「我出來找到你的時候，你已經差不多整個人連頭帶臉全淹在水裡了。」他上下看看我，微微一笑道：「母子均安……而你好像在做一個我很想聽聽內容的好夢！」我低頭順著他的眼光看去，看到我勃起的陰莖正指著他。我羞得滿面通紅。

「我──我──」

「你不會是在想著我吧？嗯？」

我臉紅得更加厲害，「我──我──」我好像突然只要是跟他有關的事就結巴起來。

「在喬治亞州南方的確長得特別大。」他開心地笑著，「我們何不到你屋裡去討論這件事呢？」

「你──你不會是──說──說那個吧？」我瞪著他，不敢相信我們在談的話題。

「啊，不錯，我正是說的那個！我說的是吸前面，操後面，還有諸如此類的好玩的事。」

「我從來沒有——」我倒吸了口氣，兩個眼睛張得像要從腦袋裡蹦出來。

「得了吧，朋友，我想我在穀倉那裡就已經知道了。說吧，你喜歡哪樣？」他對我咧嘴一笑，我看到他雪白的牙齒。

「真——真的，我從來沒做過這類……」他伸手摸了下我的雞巴，我嚇得跳了起來，好像跳了十呎高，我覺得好舒服——雖然其實他只有用指尖碰到我的龜頭而已。他的臉湊近我的臉，他的手握住了我的陰莖。

「讓我們到屋子裡去吧。」他用沙啞而低沉的聲音說。我不知所措地由水裡出來，他放開了我。我開始往屋子那邊走去，他輕笑著跟了上來，他的手握住我一邊屁股，我還來不及掙開，他的手已經滑進我股溝裡。

我腦子裡一片空白，在接下去的十分鐘裡，我就始終處於這樣的狀態，而他則握住我的雞巴，試著摸了幾下，他用眼睛搜尋著我的兩眼。我整個人像融化在由我的屌升起的情慾中。

「在這裡還是到臥室裡去？」他溫柔地問道。

我只瞪著他。

「帶我們到你的床上，愛人。」他溫柔地對我說，他的手指慢慢地往上移，由我的陽具轉到我的小腹。我唯一能想到的是，我的兩條腿就像是奶油做的，隨時會融化掉。我再一次照著維克．費哲史東的話去做。

到了我房間裡，他坐在我的床邊，脫掉他的靴子和襪子，再站起來，開始脫衣服。我站在床旁，全身赤條條一絲不掛，越來越感興趣地看著他，這種感覺我以前從來不曾有過。「你到底叫什麼名字？」他一面把小內褲由身上往下拉，一面問我。

「我叫小強，醫生。」我含糊地說。

「好了，小強，我要你叫我維克——我們已經這麼親密了，不要再叫我醫生。」

小內褲滑落在他腳邊，他抬腿跨了出來，可是我完全沒有注意到這些小事。我的兩眼盯著他的雞巴。他真的好大！

「老天啊！」我叫道：「你——你的屌一定大得像是公牛的……！」我的眼光

怎麼也離不開那根由他兩腿之間得意地挺伸出來對著我的大肉柱。

「差得遠了。」他大笑道。「我說，我在出來之前洗過澡，在穀倉裡，我也把一切弄得很乾淨了，你覺得我是不是還要——？」

「你——你敢離開我！」我衝口而出，突然很怕面對我自己和我聽到發生在我身上的事。

「為什麼？」他的眉毛糾結成個問號。

「因——因為我——我怕我會打退堂鼓……」

「你真的還是個處男，對不對？小強？」

「是——是的……媽的！醫生——維克——我甚至從來沒想過做這類的事，不像我現在這樣！」

「那你今晚就會什麼都試過了！」他咧嘴笑道。他的臉突然貼得很近，我完全不記得他靠過來了。

「這——這話是什麼意思？」我感到自己的臉紅了，但仍然堅持立場，我不會怕和他之間有什麼事，我已經都走到這一步了。

「我的意思是說，」——他的手指讓我的乳頭有種很奇怪，卻又很爽的感覺——「你什麼都要試過——不管是吸是操！」

我想到他那巨大如怪物的陰莖會靠近我屁眼就害怕起來。「不行，維克！我才不讓那玩意兒操呢。」我朝他的巨屌點了點頭，發現我的眼光離不開那裡。

他輕輕地笑了起來。「我們再看吧，來，壯小子，讓我們看看你到底有多棒！」他牽著我的手，走到床邊。

他吻著我，我都不記得他的臉怎麼會貼得這麼近的。一切似乎都是空白——直到他的嘴唇吻著我的嘴唇。我張開嘴想表示抗議——也許為了喘氣——卻覺得他的舌頭伸了進來，他的身體在我的身上摩擦，我們勃起的下體交擊在一起，像在鬥劍一般。他的手由我背上一路撫摸下來，讓我起了疙瘩。最後他的手落在我的臀部，像表示占有般地捧著我的兩股，而我本能地承受了他。

我們踉蹌地倒在床上，他鬆開了口，開始吻我的頸子。他的手指轉到前面來逗弄著我的乳頭，然後他壓在我身上，用他的身子來摩擦我的身子，而我則把身子抬起來迎向他。我發出了呻吟。

「天啦，媽的！」我脫口而出，他的舌頭濕濕地舔過我的胸膛，停在我兩邊的乳頭上，把那兩粒乳頭舔吸得更為堅挺。我不知道我身上的兩個地方——我的乳頭和我的雞巴——哪邊會先爆裂開來。他的舌頭舔到我的肚臍停了下來，坐起身子低頭對我微笑。

「喜歡嗎？」他一派天真地問道。在這時候，我已經慾火高熾，就算有人把一座山峰插進我屁股裡，我也不會在乎！

「天啦，繼續！」我低聲地回答道：「繼續做下去！」他的臉並沒有再俯向我的胸前，我睜大了眼睛，喘息道：「我們不會就停在這裡吧？」

他搖了搖頭，微微一笑。「不是，我們只是暫停一下喘口氣，你何不把身子轉過來，看看我在幫你做那事的時候，你能幫我那裡怎麼樣做一下，好嗎？」

我毫不考慮地扭轉身體，調了個方向，把他的屌握在手裡，將臉湊了過去。我所有的慾望都集中在這幾吋長堅挺的肉柱子。我的嘴唇滑過頭部，張開來讓那話兒伸進我的嘴裡，一陣很陌生的快感遍佈了我的全身，我把他的陰莖越吸越深入我嘴裡。

「寶貝，你幹得真好！」他喃喃地說著鼓勵我。

那時候，我整個世界就只有他的屌。等我感到他的陰毛碰到我的下巴時，我知道我已經到達了成功的巔峰。接著，他又把我的陽具含進嘴裡。突然之間，我有了兩個充滿快感的世界——無限的快感。我不用多想就知道這是我所做過最對的一件事。

我感到他的舌尖順著我的陰莖一路舔下去，開始舔洗我的睪丸，這讓我興奮得發狂！他的手指在揉捏我的兩股，一面往外扳開，同時不停地用他的舌頭舔我睪丸後面的那一點，我能感覺到有汁液從我屌前端流了出來，我也能嚐到他所分泌的蜜汁，而我的睪丸緊縮起來。他緩慢而穩定的動作讓我始終維持在高潮的邊緣，我整個人都因情慾高漲而興奮若狂。

他的手指在搜尋我的屁眼，馬上就找到了。我開始抗議，但我嘴裡正含著一根九吋長的粗大肉柱，而且還直伸進我喉嚨裡。他的手指穿透了我那一圈肌肉，插入我屁股裡。我發出充滿快感的聲音，因為他的嘴又回來含住了我的陰莖。他用力地吮吸著我的大屌，已經讓我的精液在睪丸裡翻滾沸騰，更何況他同時還在用手指操我。

「啊，天啦！」我鬆口放開了他的屌，喘息道：「我要射出來了！」他又插入第二根手指，都深深插進我體內，而我的陰莖則伸進了他的喉嚨。

我的精液好像永遠也射不完似的，我在他身旁不斷抽搐、痙攣、扭動。他把我所有的一切都吞了進去！等到最後，他讓我射完的陰莖由他嘴裡滑出來，落在我小腹上時，我已經被他吸乾了。

他坐了起來，把手放在我大腿上。我發現他另一隻手的手指仍插在我的屁股裡，他慢慢地把我翻過來仰臥著，爬到我分開的兩腿之間。

「現在，輪到我了，小強。」他的聲音很柔和而具催眠力。

「你——你打算要操我，是不是？」我含糊地說道，只覺得精疲力盡，卻通體舒泰——只有一點點害怕。

「對，」他低聲說。

「會痛的。」我擔心地說。

「也許會有一點點，只在開始的時候。」

我靜躺在夏夜中我的床上，整個人像漂浮在剛才我們做愛的記憶裡。我的兩腿圈在他的腰上，而我知道他的陰莖離我後面的小洞恐怕還不到一吋左右。不過，剛才的性愛真好，比我想像中的要好得多，我回想著，禁不住微笑起來，全身放鬆，而且很快樂。

「如果你轉過身去趴著，說不定會更喜歡些。小強。」他的建議打斷了我的遐想，他在等著我下定決心。

我猶豫不定地翻過身去，我其實並不想做這種事，這樣做讓我很害怕——因為我這等於是決定答應他來操我。他和他的那個大怪物，他真的是他媽的太大了！可是，雖然如此，我還真的想要他，我要他占有我，征服我。而我對他的渴求勝過了我的恐懼。

他一隻手在撫摸我的屁股，讓我覺得好舒服，這讓我更遠離了對我的快樂造成巨大威脅的恐懼。那隻手摸上了我的背，我更加放鬆了，維克使我好舒服，我露出微笑，而他的手指又再回到我的股溝裡。「現在整個人放鬆。」他對我說，一面仍用另外一隻手愛撫我的背部。就在這隻手吸引我的注意時，先前那隻手的手指找到了我的屁眼。很快地又有一根手指跟了過來——我的陰莖好像又要活蹦亂跳起來。

我感覺到他在床上挪動，跨在我雙腿上，他俯身向前，他的雞巴硬得像根鐵棒似地壓在我屁股上。他的陰莖又硬又熱——而且好大！他輕咬著我的耳朵。「你好美啊——小強。」他輕聲地說，聲音有如溫柔的愛撫。

「嗯——嗯……」我含糊地回應，一面享受他手指插入我後面所帶來的快感。

「抬高一點。」他對我說，同時用他那兩根撐開我後面祕孔的手指將我引導向上，在我的臀部抬高時，他的屌滑進了我股溝裡，我能感受到那根巨大的肉柱壓在我兩股之間，一路順著股溝向下。那樣的感覺也好爽！

我回過頭去，看見他跪在我後面，原先撫摸我背部的那隻手將陰莖順股溝往下，滑到他正用兩根手指插入我體內的另外那隻手邊。他的陽物已經過我的尾椎，進入靠近我屁眼的柔軟部分，越來越近，其寬度也將我的兩股向外撐開。他也對我報以微笑，讓我安心，我咧開了嘴。

那個獨眼卻視而不見的怪物找到了我祕洞的開口，然後他那兩根手指由我體內抽退出去。我全身僵住了，因為害怕疼痛會隨之而來而嚇得不敢稍動。我告訴自己說那麼大的東西絕不可能塞進這麼小的洞裡。他的兩根手指向我證明了我臀孔的肌肉可以伸開——但也不可能寬到足以容納我知道會取而代之的那根大玩意兒！我的臀孔本能地收縮，關閉了剛剛還在邀請他入內的洞口。

「放鬆！」他哄著我說，又再把身子彎下來，用他柔軟而有撫慰作用的嘴唇吻著我的肩膀。「聽話，寶貝。」他的手又開始撫摸我的兩股。「你會喜歡的。」他用鼻子頂著我的後頸，我的身子不自覺地開始放鬆了。雖然我仍然能感覺到那根如同公牛般的巨屌正頂在我愛之祕道的開口處，等著那裡打開。

「你會感覺像一路上天堂一樣的舒服。」他靠在我耳邊低聲說。他的指尖讓我滿背都舒服得不得了。於是我完全投降了。張開來讓他進入。

「我往裡壓的時候，你往回頂。」他用溫柔的聲音關照我。

我感到床在動著，他調整了他的位置，然後我感到他的屌開始進入我張開的洞口。他的動作很慢，也很溫柔，但是我還是要求他：「慢慢地不要太猛。」

他的龜頭抵住了那一圈肌肉，將那裡撐開來，撐得大到讓我覺得好像會被撕裂了。「好痛！」我哼叫著，其實是害怕多於疼痛。

「往後頂！」他命令道，我試了一下，卻只會叫痛，這時候真的痛起來了，我的眼淚讓身下的床濕了一片，那九吋長的肉柱每一吋都刺進了我的體內。

他的睪丸落在我的陰囊上，我也感覺到他的陰毛搔著我敏感的股溝。我只覺得我整個人被充塞得滿滿的。但先前所感到的疼痛卻已經消失了。我的愛之祕道適應了維克深入之後，一種新的快感代之而起。

「把你的屁股再翹高一點，小強。」他對我說，他的牙齒在輕咬著我的肩胛骨。

我本能地將我的臀部抬高，感到那根堅硬的肉柱從我裡面抽退了一部分，一面滑過我的前列腺，一面摩擦過我的屁眼，使所有疼痛的念頭全都飛到九霄雲外。我回頭看著他，臉上反映出我所感受到的快感。

「好——好爽啊！」我哼叫道，那根屌還在不停地往外抽。「不——不要！」我呻吟道。

「不要什麼？寶貝？」他問道，然後在我身後的床上動了起來，剛才由我後面抽退出去的部分又突然全都插了回來。他的手伸到我的小腹下，抓住我火熱的屌，他的手握成一個拳頭，捏著弄著，使我原先已有些軟了的那話兒又重新挺硬起來。

「不——不要停！」我哼著叫著，我的聲音被下面的枕頭悶住。「操我，維克——好好地操我！」

「我正打算這樣做呢。」他輕笑道。又把他的陰莖往外抽出一大半，一面撫弄著讓我的屌完全挺直起來，「舒服嗎？」他問我。

「我——我快到高潮了。」我回答說，本想像開玩笑一樣，但卻發現那實在是相當困難，因為我那八吋長的陽具已經脹到極致的地步，而還有一根九吋長的粗大巨屌正等著要再整個插進我體內。

「讓我帶你上天堂吧，小強！」他往前一挺，我毫不感疼痛地感到他又完全進入了我的後庭。我倒吸了一口氣，收緊了我臀部的肌肉，因為他又開始從我體內抽退出去，同時他的手摸弄我的龜頭和包皮，等他再插回來時，他的手卻在我的陰莖上往回拉向我的陰毛。

「操我！」我呻吟著，將我的屁股貼緊了他的小腹，不住扭動，而他靜止在我的體內，我的屌需要他再加快套弄，我喘息道：「快點操我，他媽的！盡你可能地用力！盡你可能地快操我！」

每次他向我衝刺，我就向後頂過去，想讓他插入得更深，「操我！」我不住地叫道：「啊，天啦！操我！」

感覺上就像我在吸他的時候一樣，他的屌又成了我宇宙的中心，我以前從來沒想到一根屌能讓我有那麼棒的感覺！

「啊，天啦！」我呻吟道。感覺我的精液又在我睪丸裡沸騰起來，「我——我要射出來了！」我叫道。

我的精液射在我身下的床上，維克仍然慢慢地，充滿愛意地操著我。

在七月的那個晚上，我在他第一次把精液射進我身體裡之前，又再出來了一次。事後，我們並肩躺在床上，我請維克留下來過夜，他答應了。

今天是我的生日，他馬上就會回家來了。他爺爺在秋天宣佈退休，搬到佛羅里達州去養老。維克．費哲史東就是那時候搬來和我同居的——帶著他所有的家當。也許喬治亞州南部濕熱的夏天只適合年輕人，就像愛情一樣。

我們打算就在家裡慶生，也許坐在前面的門廊上看日落，維克會有全南方最飢渴的屁股等著他——就像從七月以來的每天晚上一樣。

# 披薩男孩調教之夜

**送披薩順便偷點東西，是我的興趣。但是偷到被扒光衣服、五花大綁在沙發上，就不大妙了，更何況綁我的男人，似乎還對我的「後面」很有興趣……**

我把車停在那部閃亮的黑色 BMW 後面，把那個客戶訂的披薩拿出來，走到他門口。

我還在目不轉睛地欣賞那部 BMW 的時候，門開了。

「小兄弟，你來得真快！」一個高個子，身材壯碩的黑頭髮男人用標準新英格蘭口音說。他推開大門，我走進去，看到有道樓梯通到樓上，另外一道樓梯通往地下室，他上了往樓上的樓梯。他回來的時候，給了我一張二十美元的鈔票，我伸手到牛仔褲袋裡掏錢準備找給他，「不用找了，小兄弟。」

我看看他，發現他正上下打量著我。

「這幾個小錢，也許夠你請個小客什麼的。」

我向他道過謝，真棒，一直到我開車回好朋友披薩店的路上，我才想到那傢伙剛才看我的眼光。

「操他媽的死 Gay 炮！」我啐了一口。

我的名字叫魏吉兒，今年二十歲，一頭暗金色的長髮，但我絕對不會綁馬尾的。我的身材胖瘦適中，線條很平順，身高六呎。對我的身材我並不是很滿意，因為沒有可以炫耀的肌肉。我不過就是個很普通的人。從來一直如此，將來大概也是一樣。沒有生涯規劃，沒有夢想，什麼都沒有——只是得過且過。

唯一和別人稍微不同的是，我晚上送完披薩下班之後，會偷溜進別人的車裡，大部分的時候我只弄到點零錢，有時候會摸到一套很棒的汽車音響——至少可以賣到一百美元。通常我只是好玩才幹這個勾當。

每天下午和晚上，我都在街上跑，一面送披薩，一面看那些漂亮房子前面的漂亮車子。我很喜歡再回到那些地方去的刺激感覺，趁那些有錢人呼呼大睡的時候，在他們的車子翻翻找找，找出他們是些什麼人，拿點他們隨手亂丟的東西。

我最喜歡的是那些虔誠的教徒和教會人士。他們從不懷疑別人，以為自己的屎都不臭，大部分在他們前座的墊子底下偷藏著《好色客》之類的黃色雜誌，還有可以讓你看著打手槍的玩意兒。還有些做牧師或神父的，在他們椅子下藏著搞同性戀的雜誌。

我幹這種勾當已經有三年了，還從來沒被逮到過。要是有警察開巡邏車經過，看到一部送披薩的車停在某人的屋子前面，不管多晚也不會懷疑，大家都知道有些年紀大點的女人就愛吃童子雞，警察尤其清楚這點，所以巡邏車開過去，停都不停。也沒有人去報過案，你知道，我除了偶爾弄套音響之外，只拿點零錢——還有黃色雜誌。就算你車子有個鑲了二十顆鑽石在上面的戒指，我也不會拿，我只幹我懂的東西，不懂的不去碰——像怎麼典當珠寶和證券之類的貴重物品，我就不懂。我懂得音響，也喜歡那些塞在坐墊下的雜誌。

魏吉兒很喜歡弄清楚很多事情。

我再回到那裡的時候，屋子裡黑黑的，那部炫得要命的黑車停在原處，我開車在附近繞了一圈，沒見有人起來管別人家的閒事。我開心地笑著，把車開到街口靠著人行道停了下來。

那操他媽的新英格蘭北佬活該讓他的 BMW 給我搜——居然在我給他送他媽的披薩的時候色瞇瞇地打量我。他說不定在車裡裝了套高級音響，那明天我就可以弄到兩張大鈔花花了。也許在他椅墊子底下找得到雜誌，我希望找得到——拿來看著打手槍滿有意思的，裡面也有些怪招叫人想都想不到，可是對我來說卻大有煽風點火的功能。

我輕輕地吹著口哨走回那個北佬的房子——一個很普通的人半夜一點在鄰近散散步，一面把橡皮手套戴在手上。到了他的車道上之後，我停下來四面看了看，確定周圍沒有別人，也沒有人在看，然後走到車子前面。

車門沒有鎖。我開心地咧開了嘴，他媽的蠢蛋北佬 Gay 炮。

我溜進車裡，伸手去摸駕駛座的椅墊下面。我想應該可以找到點什麼搞同性戀的鬼玩意。可是沒有，我轉過身去摸另外那邊椅墊下面。

我聽到頭上的車門開了，正想抬頭去看，只見一隻張開的手朝我伸來，然後我就昏了過去。

魏吉兒這下挫賽了。

我醒過來時有塊冷毛巾敷在我眼睛上，頸子下枕了個冰枕，而我從來沒經歷過這麼厲害的頭痛，我眼前金星亂冒，各種怪顏色都有。

我呻吟一聲，想伸手去把毛巾拿掉，卻發現我的手被綁在身後，不能動彈。我一動也不動地躺好，決定自己最好把事情想清楚。我注意到的第一件事是有人在房間裡說話——聲音很低，很柔和。然後，有一個人呻吟起來，另外一個則發出哼叫。我豎起了耳朵，依稀可以分辨出有肉體和肉體接觸的聲音——就是你在跟女孩子幹那回事時候的聲音。我簡直不敢相信！兩個男人在相幹，而我躺在……

哪裡？

這個問題問得真他媽的好，魏吉兒。

我不再注意聽那兩個男人相幹，轉而要弄清楚我是躺在什麼東西上面。這玩意兒很光滑——有點像我和我媽住的地方所租來的塑膠沙發。只不過不大一樣，在我把屁股扭動幾下的時候，覺得很舒服，好像是第二層皮膚。

欸，他媽的等一下！

我穿著襯衫和牛仔褲是不可能感受到這種感覺的。我略略動了下肩膀，同樣的感覺。

我呆住了，我全身光溜溜的！

我的媽啊！

我不知道該怎麼辦。我的兩手被綁在身後，眼睛上蒙著塊毛巾，而我赤精大條地躺在一張可能是長沙發的東西上。要是我能坐起來，那塊毛巾會掉下來，那我就可以看得到是怎麼回事了。

我試著挪動一條腿。

跟我的兩隻手一樣，只不過，在我抬腿的時候有什麼東西摩擦著我的屁股，也許是繩子吧，從我的兩手綁到我的兩腳？

聽起來好像就是這麼回事，魏吉兒身陷險境，被人綑綁，而且光溜溜地跟剛生下來時一樣，也像那時一樣沒一點辦法。

只不過，情況更慘，我的小弟弟很喜歡我這副慘狀而開始硬了起來。我真的可以感受到我的皮膚拉緊了，露出前面的頭部，那話兒挺足了七吋的長度，驕傲地昂立著，就像是在戰爭裡的英雄，四周還是屍橫遍野的戰場。

我會不會也碰上這種事？

哎，要是我命中註定這樣……

不過，如果我能有所選擇的話，我倒情願親眼看到這樣的結局。難怪我給綑住了，全身赤裸裸一絲不掛，還有一根不顧我死活、只想自己過癮的老二。

「你終於醒過來了，小子。」那個該死的北佬在我頭上說，好像湊在我旁邊，「真是個送披薩的男孩子的好樣本。」他輕笑著用他的指甲用力地彈了下我的老二的頭部。

「痛呀，老兄。」我哼叫道。

他的手伸到我的頸部，把我的長頭髮撩開。「你這裡會有塊瘀血，大概得一兩個禮拜才會消，不過沒有破皮，也沒有哪裡斷掉。」他的手放開了，又把冰袋擱回原來的地方。

「沒問題。」

「是呀，」我喃喃說道。「哎，先生，至少讓我看看到底怎麼回事行嗎？」

毛巾從我眼睛上拿開了，我馬上拚命眨著眼睛來適應房間裡黯淡的光線。

「別的人呢？」我抬起頭四下環顧著。房間裡只剩我和那個北佬。

「什麼人？」

「我聽到人聲，還有……」我決定不談我聽到的別的東西，除非我能站起來——或者至少知道自己的處境如何。

他笑了起來，「我剛才在看一捲同志錄影帶，我過來看看你情形如何的時候關掉了。」

我這才看了看他，他還穿著先前那件休閒衫和尼龍運動短褲，這讓我好過了些。

我甚至一時忘了我的赤身裸體，專心想這究竟是怎麼回事。

「到底是怎麼回事？」因為什麼也想不出來，最後只好問他。

「我逮到你在我的車裡亂翻。」

「哦？」我又看了看他，想弄清楚他是怎麼樣的一個人，他的身體壯碩，要是他把我打倒了，就能海扁我一頓，可是我敢打賭我可以跑得過他，他至少比我的一四五磅要重上五十磅左右。

「為什麼我會一下眼前全黑，醒來時就是這副樣子？」我順著我的胸膛往下看到我那仍然硬挺著的老二。「還光著身子？」

「因為我把你打昏了。」他咧嘴笑道，我真想一拳打掉他那兩排雪白的牙齒。

「啊，你逮到我在你車裡亂翻——你打算怎麼辦？」我開門見山地問他，我實在不想聽到我猜會聽到的那些話，可是我怎麼樣也得知道。

「我可以叫警察來，我想你可以先在看守所裡吃上六個月的免費飯，然後受審服刑。」

「在牢裡關上六個月？」我呻吟了一聲，魏吉兒實在不喜歡這種事。媽的！我在初二的時候跟著學校去參觀過一次，那些警察可真叫人敬而遠之。我才不要去，只要有別的辦法就絕對不要去。

「差不多吧，只要我去報警的話。」

「可是也許你不會報警？」我問道，馬上抓住他猶豫不決的機會。

「我雖然住在這裡，可是不一定非喜歡這裡的警察不可——他們對同志不是那麼友善。」

「同志？你是說你是Gay？」我不知道我為什麼要問他，他早先就上下打量過我，呃，現在他可以看個過癮了。

「我是個同志。現在，再回到我該怎麼處置你的問題……」

一陣讓人緊張的沈默。我幾乎可以聽得到像《大白鯊》裡警告觀眾鯊魚要來吃你的音樂。不過，他是個同志——就像是那些神父牧師藏著的雜誌中故事裡的人物，所以說不定他喜歡我魏吉兒的長相，媽的！我倒不在乎他來吸我的老二——尤其是如果這樣可以讓我不坐牢的話。

「也許……」我看看他，他也盯著我，臉上的表情似笑非笑。「也許，我們可以，你知道，做點什麼，我是說，你跟我。」

「做什麼呢？」

「你喜歡我底下兩條腿之間伸出來的那玩意兒嗎？」我囁嚅地問，自己一點把握也沒有，同時也不願意在他的遊戲裡唬人。那傢伙就那樣正視著我，眼睛也不眨一下，也沒有偷看我的最大資產一眼。

「不錯，」那半笑不笑的表情變成很得意的笑容，「可是我更喜歡你的小屁屁。」

「我的……」等我那水泥腦袋終於想通了他這話的意思之後，兩眼不禁瞪得老大。「你是說，你要從後面幹我？」

「我想操你，」他臉上的笑容依舊，「你的身體很漂亮，魏吉兒，我們今晚可以一起好好的享點樂子。」

「今晚？」我馬上了解他絕對不打算只幹我一次，他大概打算又操又吸我——

搞到他滿足為止，「你是說，一整夜？」

「這樣倒能有點說服我不去招惹那些討厭同志的條子。」他說著，仍然帶著那張笑臉在看我。

我倒吸了一口冷氣。

在雜誌裡的那些男人做各種各樣讓我感到驚訝的事，而那些作家寫來好像他們做那些事都很爽似的。

我的另外一個選擇就是去坐牢，在擁擠的牢房裡待上六個月，牢裡會是一些痞子，我也會丟了工作。媽的！我買的車還有分期付款沒繳完。更他媽的是：我下個月又要交保險費了。

「然後你會放我走？」我記起了他知道我送披薩，「你也不會告訴好朋友披薩店的人？」

「不一定。」

「你還要怎麼樣呢？」我不知所措地叫道。「媽的！你都要搞我一整夜了欸！」

「我們來談談固定的安排吧。」他仍然笑著說。

「固定？」我不敢相信地瞪著他。「你要我固定到你這裡來，脫掉褲子，讓你操我？」

「我想談這些太遠了點——除非你覺得很喜歡。」

「媽的！」我罵了起來，說什麼除非我很喜歡，這樣會讓我變成 Gay 炮的——可是，有什麼關係呢？「好啦，我固定到你這裡來——如果我喜歡的話。」

有一件事我很清楚：那就是我絕對不是個所謂的同志，隨他怎麼搞我一陣，然後我就走人，這是我命裡註定的，不算什麼。

「那就這樣決定了。」他說著把休閒衫從頭上拉脫下來。

我瞪著他。很漂亮而結實的腹部，鼓突的胸肌在一層黑色胸毛下閃亮。他那樣子正像我私心希望自己能有，卻得不到的模樣。

我看不出有什麼理由不看他，這傢伙恐怕會搞我大半夜——我不如好好看看他。

「你叫什麼名字？」我問道，既然他要占有我，我至少該知道他是誰。

「我叫漢克。」他走到沙發邊上，靠近我的臉，用兩手撐在沙發背上。「你何不先隔著我的短褲和內褲來弄一下？」

「拿什麼弄？」我沒好氣地說：「你把我兩隻手都綁在後面了。」

「用你的舌頭和牙齒呀，魏吉兒。」他一下站了起來。「來，我先把短褲脫掉，讓你只要對付我的小護陰。」他把尼龍短褲褪到屁股下，讓短褲滑到地上，「如果你夠機伶的話，你就能想出辦法只用你的牙齒幫我的小弟弟解放出來。」他朝我俯過身來，他的護陰離我鼻子才幾吋，我看著那一大坨，也聞到他的汗味。

「來吧，魏吉兒，今晚你得好好在你的腦子想想我的老二。」

他這話對極了，因為那玩意會進我嘴裡，也許還會進我的後門。

我試了好幾次，才把那件護陰拉得離他身體有足夠的空間，讓他的睪丸露了出來，又試了一兩次才讓他的那話兒滑了出來，碰在我的鼻子上。他那玩意兒看來還滿不錯的，沒有包皮，前面的頭很大，還只是半硬狀態，但是已經比我要粗很多，而且我猜想他一定也會比我長很多。我盡量讓自己不要去想等下他想幹什麼。

我把舌頭伸出去，正好舔在他的馬眼上，那該死的肉柱突地跳了起來，順著我的舌頭伸進我嘴裡，一下子整個挺硬了。我根本沒時間做別的，只有把嘴張大，讓他給塞得滿滿的。

「對，」漢克呻吟道：「舔我的龜頭──好好地舔得那裡濕滑滑的。」

我想要整個吞下去，而他把身體放低，湊到我的面前，但是我有點想吐，因為有些嗆住了。

「慢慢來，魏吉兒，你不必在第一次就那麼賣力。」他往後退了點，開始輕輕地撞擊著我的臉。

我已經漸漸習慣於他在我的嘴裡，好像想把我的扁桃腺撞掉似地。我用舌頭捲住他，他的雞巴插在我嘴裡，我用嘴唇緊緊含住，免得他直插到我肚子裡去。不過他依然越來越深入。當他的毛髮碰觸到我的鼻子時，我幾乎要得意地叫了起來，媽的！都到了這個地步，我真想要嚐嚐他的味道，要他把精液射在我的嘴裡。

漢克的睪丸緊縮得貼住他的陰莖，我的嘴唇在兩者之上蠕動，他哼叫出聲，我就是要他興奮地呻吟。

我想要他把精液射進我的喉嚨裡，我一向是做什麼事都要盡量做好的。

我的下巴有點痛，嘴唇有點麻，我竭盡所能，我要他。

漢克由我嘴裡抽退出去，沒再回來。

我眨著眼睛，然後才回過神來。

等我看清楚他的臉時，他正咧嘴對我笑著，「你會是個第一流的吹喇叭高手，魏吉兒，你差點就讓我達到高潮了。」

「真的嗎？」

他點了點頭，把那條小小的護陰脫掉。

我也笑了，媽的！原來那些雜誌上寫的事情，我也可以做得好，我甚至覺得很舒服，「為什麼你不讓我再多做一點呢？」我有點靦腆地問道。

「因為我們現在要做點別的。」

「是呀，」我呻吟道：「要鬪我後門。」

「還不是，」他大笑道：「你先舔我的睪丸等我到定位。」他將一條腿跨過我的頭，我抬頭正好看到他分開的兩股和中間的祕孔，那裡和他身上其他部分一樣結實漂亮，我覺得相當不錯。

我不知道他所謂的定位到底是什麼，但他調整了位置，正好讓他的睪丸纍纍垂垂的落在我鼻樑上。

「吸我的蛋蛋，魏吉兒，」他對我說，我很聽話地把頭往後仰，讓他那兩顆移到我嘴唇上。我先用舌頭舔了一陣，對自己說，管他去呢，幹了，於是我張開嘴巴，其中一顆落進我嘴裡，而就在這時候，漢克把他的臉直朝我兩腿之間埋了下去。

我哼了一聲，爽得想大叫起來，可是我嘴裡含著東西，也只能哼一聲而已。

「一個完了再換一個，舔呀，」他對我說：「再把腿分開點。」

我挪了下頭，鬆開口，把我的嘴開得比剛才十幾二十分鐘都要大得多，然後聽他的話一邊完了再換一邊的舔他，而他則在吸我。

漢克的嘴像個唧筒似地上下，速度之快讓我的腦子像飛到了冥王星，真正嘗遍了他所帶給我的所有快感。

我其實並沒有真正感覺到，那就像是《星際爭霸戰》裡的狀況一樣——美國太空船企業號突然進入超光速飛行。他的一根手指本來放在我後面，不斷用力地壓著，我已經亢奮到極點，所以在他的手指突然插入時，我就像火箭升空一樣迸射出去。

我衝擊著他的嘴唇，一波接一波地噴射，同時又夾緊了他的手指，用力下壓，我像進入了外太空，和企業號一同遨遊在星際。

然後，在宇宙的另一邊，我開始慢慢冷靜下來。我的雞巴好像有融化的危險，雖然漢克將我的包皮覆蓋在我龜頭上，不住輕輕地含咬。同時他已經把三根手指插進我屁眼裡，而我毫不在意地扭動著往下壓。

「我的老天！」我呻吟著，整個人像要昏迷過去似的。

「欸，魏吉兒，現在你可不能停！」漢克對我叫著，想把我從我想縮進去的那層殼裡拉出來，但那層殼是活的，它重新變形，將我裹住。

我就那樣躺著，感到無限滿足。我是說，我從來沒有幫別人打過手槍，甚至還操過一個小妞，可是這個？哎，世界上還真沒什麼比得過的。

「魏吉兒。」

「什麼事？」我喃喃說道。

「舔我後面，讓我替你準備好享受真正的樂子。」

「真正的樂子？」我呻吟道，我只要人家別來吵我，好讓我享受仍然陣陣襲來的快感。

「是呀，若是沒有經驗過雞巴操你屁眼，就不算是真享受過性愛的快樂。」

「啊，媽的！」我低聲說，接著我就發現他的那根手指還沒抽出去，就把我的害怕丟在一邊，說老實話，其實很不錯——也許換樣更大更粗的會更爽也說不定。我魏吉兒打定主意不管是好是壞都要弄個清楚明白。

「吃我後面，魏吉兒。」

「吃你？」我瞪著他的小洞，不知道他要我怎麼做。

「對，舔呀，把舌頭伸進去。」

我瞪大了眼睛，在那一剎那間，我想我會吐出來，舔他那裡？

漢克的身子壓了下來。啊，管他的，我閉起眼睛，伸出舌頭。

他坐在我臉上，一面把我下半身抬起到半空中，他把手指抽退出去，我很不喜歡留下來的那種空虛感。然後，他開始舔我那最敏感的地方，也就是在我睪丸後面，通到我屁眼的地方。他的舌頭直往後舔，留下好多口水。

我用舌頭碰了一下他的屁眼，而他開始舔我的屁眼，我興奮得難以形容。「天哪！」我大叫起來，因為他把舌頭直伸進我的洞裡——一吋、兩吋。

啊，天老爺，要是我能在他的天花板上跳舞的話，我一定會把兩腳踩上去了。但既然做不到，我就只好有樣學樣地挺硬我的舌頭頂進去。我的陰莖硬了起來，他不住地舔我屁眼，又用他的舌頭操我，我的龜頭開始往外淌流著液體，而兩顆睪丸緊縮在陽具下，繃緊得讓人有難以喘息的感覺。

我正打算為他做同樣的事，他卻張開手，在我屁股上打了一巴掌，把我放倒在沙發上，他站了起來，丟下我伸著舌頭，挺著一根我手碰不到的大屌。

他站起身，走到房間那頭，打開架子上的一個小櫃子，拿出一小包東西。我看著他走回我身邊——其實，我看的是他那根又大又粗又硬、隨著他每一步在晃動的雞巴，只想能再含到我的嘴裡。

媽的！我也想讓他插在我後面，不管什麼地方，只要我能要的每個地方都可以，在雜誌裡所寫的那些都比不上我，媽的！我差不多把他們所說的全都做過了！我敢打賭漢克比任何人都做得更好，我專注地看著他把保險套戴上。然後他笑著摸了摸我的臉頰說：「現在我們準備好辦正事了。魏吉兒。」

他把我攔腰抱起，「你在沙發上跪好，放鬆一點，頭跟胸部靠在椅墊上。」他把我照他的意思安置好，我像一隻餓鷹似地回頭望著他。從他剛剛所說的話聽來，我們終於到了交易中的重點了，我可是準備好了。我的雞巴硬得發疼，單是看著他挺在我屁股上那根大肉柱子，就讓我流口水。不錯，我魏吉兒已經準備好……給出我的第一次了。

他跪在我後面。一邊把他的雞巴在我股溝裡來回摩擦，一邊用手捏著我的兩股，我感到他的龜頭抵著我的屁眼，然後往裡插了進去，讓回頭望著的我瞪大了兩眼。

讓我不能相信的是，我怎麼能撐得這麼開，並不痛，但真的塞得滿滿的，最後我感到他的陰毛碰到我的屁股，他緊緊地貼靠住我。

他對我微笑道：「把你後面扭一扭動一動吧，魏吉兒，我看你好像還沒有真正享受到似的。」

我照他的話去做，果然感受到很多酥麻的感覺從我後面發散出來，遍佈全身。

「啊！」我咧開嘴來笑了。

「準備好了嗎？」

「我早就準備好了，漢克。」我對他笑著回答道：「幹吧。」

這個故事拖得有點太長了，所以就讓我告訴你，我一點也不在乎和他過了一整夜。每次我只要想到他可能槓起來的時候，就像邀請他似地扭著身子，每次我得到他的時候，都像是搭乘企業號太空船進入外太空一樣的感覺——而且我非常的喜歡，媽的！我興奮到在他送我回家之後，幫我洗澡的時候，我還在他來不及去拿保險套之前就先出來了三回。

第二天晚上，一等我把該送的披薩送完之後，馬上就去了他家，這回他只綁住我的兩手；可是我根本不在乎他綁我哪裡，只要我能有他的大屌在我身體裡，不管是上面還是下面。

這已經是三個月以前的事了，但我現在對他的那話兒好像還不能饜足，而讓我很高興的是，他對我的感覺也一樣，我想我大概會建議他讓我搬去和他一起住，那我魏吉兒說不定就能得到滿足了。

我老媽要是知道她寶貝兒子喜歡什麼，一定大感吃驚，我自己就夠意外的了。

唯一的問題是，我希望看到這篇故事的人不要認為我是個同志，我不是的，不算真的是。我不像以前偷來的雜誌上所描寫的男孩子那樣，滿腦子只想到老二，我也絕不會隨便為了張三李四阿狗阿貓就脫褲子。我只喜歡漢克的那玩意兒。

也許我之所以喜歡它是因為我喜歡漢克，他可以說是我唯一真正信任的人，哪怕他是個北佬。媽的！他真的教了我很多我從來不知道，甚至從來沒想到的東西，比方說，我會喜歡給綁起來，任他愛怎麼做就怎麼做，最教人想不到的是，我還喜歡他打我屁股。真的，我老媽要是知道她的寶貝兒子喜歡些什麼的話，準會瘋掉，我自己都沒想到哩。

我是說，每次他開始用皮帶抽打我屁股的時候，我就興奮得不知所以，第一鞭下去，我就開始興奮，不等整個屁股打紅，我就出來了。媽的！我甚至開始做某些事情，好讓我們一開始由他先打我屁股，再把我綁起來做別的。

不過那又是另外一個故事了。

# 噗滋噗滋．雞密俱樂部

**噗滋、噗滋……**

**壯叔叔和帥葛格，到底都在俱樂部裡做什麼……？**

十八歲那年，爺爺贊助我成為他健康俱樂部的初級會員。我應該非常榮幸，因為那是個入會資格很嚴的俱樂部，裡面的會員大部分是醫生、律師和銀行家，其中多數都已退休。我盡量裝出很開心的樣子，但是每禮拜有一個下午，四周全是老頭子，並不是會讓我覺得很開心的事。

我想當然爾地認為我會是一大叢枯枝和荊棘中的一朵花。我想我所見到的會是一群邋遢的人，多年來已經讓煙、酒和油膩的食物把他們搞得不成人形。沒想到我年輕的傲慢蒙蔽了我。在那裡所見到的人有不少是身材很好、肌肉結實的人，而且他們的眼睛還不住打轉。

站在他們中間，讓我覺得面臨一種相當獨特的挑戰。和大部分人比起來，我實在是不夠看，簡直像面對眾多大師的初級學徒。我突然懷疑自己有沒有機會成為和他們一樣的人。

在我脫掉衣服換穿運動服的時候，感覺到他們的眼光在我全身遊走、打量、品頭論足。從初中體育課之後，我還沒這麼因為自己的身材而不自在過。

以我的年紀來說，我的身材算是不錯的了，年輕又有活力，皮膚光滑，老二比一般人大。實在沒什麼好自慚形穢的，那為什麼我心裡會發抖呢？

在練了一陣子之後，我身上只圍了條毛巾，跟著爺爺到三溫暖去。房間裡光線黯淡，滿是水蒸汽，幾乎什麼也看不見。我們小心翼翼地在水霧中摸索前進，找到個空的地方坐下。滿屋子都是低低的談話聲：內容都和財經有關，我完全不懂。

坐我右邊的那個人一直在和別人談法律問題，我想他的膝蓋偶爾碰到我只是意外，完全不懷疑有什麼別的意思，可是後來卻感覺到他將手放在我裸露的大腿上。

他和別人的對話絲毫不曾停止，一面卻用手摸向我的毛巾底下。我往左邊看了看我爺爺，在瀰漫的水蒸汽裡，只看到個模糊的身影。我的心跳得像大鼓一樣，那個我看不清面目的陌生人探索的手指，已經伸到離我的男根不過幾吋遠的地方。

然後他握住了我富彈性的肉柱，輕捏了幾下，使我倒吸了一口氣。這傢伙真是色膽包天。他這種大膽的態度和行徑也真嚇人。然而，我也不能否認受到這樣大膽的挑逗也讓我感受到極大的快感。我年輕的陰莖馬上在他愛撫下有了反應，甚至發現自己叉開了兩腿讓他能有更大的自由和活動空間。

那隻神祕的手很有自信地來回撫摸我整根汗濕的陰莖，他好像最為欣賞我性器前端狀似鋼盔的龜頭，特別著重在那部分。他的手包裹著我圓熟脹大的龜頭，不住滑動他的手掌和手指，使得那裡分泌出了黏稠的液體。他接著再撫摸我整根硬直的雞巴，使我的屌通體因為分泌物加上汗水而變得濕滑不堪。

那個人完全無視於四周還有他的朋友們在，拚命用力地套弄著我的陰莖。我那對大大的睪丸只想把一大泡精液射在他不肯稍停的手裡。我的大腿在高潮即將來臨的快感中繃緊了，有如置身天堂一般。

就在我到達最高點的那一剎那，爺爺站了起來，不耐煩地拉著我的手臂。我兩腿酥軟地勉強站了起來，踉蹌地跟在爺爺身後，不停射精的陰莖在我身後留下一道年輕人熱情而淫滑的證據。

爺爺叫我去拿幾條乾淨毛巾來，準備沖澡。讓我感到寬慰的是大部分會員都在忙著其它的活動，更衣室裡一個人也沒有。我實在不知道到底是什麼原因，我勃起的陽物就是不肯軟下去，我只好提著我前面的毛巾掩飾那樣尷尬的情形。

在我取毛巾時，來了一個長得很俊美的男人，也正準備要進浴室沖澡。他臉上似笑非笑的表情告訴我他知道我想掩飾的是什麼。他兩眼盯著我，好像有X光的透視能力，弄得我緊張不堪，結果沒有抓牢圍在身上的毛巾，讓那條大毛巾散落在我的腳下，我並沒有回望他，可是我知道他還在看我——忝不知恥地瞪著由我那叢茂密陰毛中昂挺而出的陽物。

我匆忙地抓著乾淨的毛巾跑進浴室，回頭一看，簡直是他媽的不敢相信，那個傢伙居然跟在我後面，我覺得自己像一隻發情的母狗，從他那張俊美的臉上所流露出的飢渴表情看來，一定以為我發出了某種引誘對方的氣味。

爺爺已經沖完了澡，正等著我回來。在他由我手裡拿過一條乾淨毛巾時，看到我兩腿之間直挺的老二。

「我真希望能拿什麼換回到你這個年紀。」他很羨慕地說。

緊跟在我後面的那個人由我們面前走過，又再低頭看了看我晃動的雞巴，他和爺爺彼此點頭招呼，然後他走進去沖澡。

我本能地看著那個人解開腰間的毛巾，發現自己的眼光也往下打量那肌肉結實的胴體。我簡直不敢相信我看到的是真的。我知道我的眼珠子差點由眼眶裡蹦了出來，可是我實在沒辦法，他的那根大屌是我所見過最大的一根，粗大的肉柱直垂到大腿一半的地方。

爺爺讓我自己一個人留下來沖澡，自己穿好衣服去參加理事會，今天要通過新會員入會的案子，他叫我放心，說接受我為初級會員的事有如探囊取物。

等爺爺走了之後，我進去和愛慕我的那個陌生人一起沖澡。

「對不起，剛才那樣瞪著你讓你尷尬了。」他柔聲地說。

他的聲音幾乎和他漂亮的身子一樣性感。

「因為我發現你太有吸引力了。」他繼續說道。

我很有禮貌地微微一笑。他那種真誠的語氣讓我心頭亂跳，我發現自己轉開了身子，免得他再看到我挺得筆直的下體，他兩眼露出渴求的神情，看著水流沖下我的肌膚。他往我靠了過來，我的身子因期待而顫抖起來。

他手裡拿著塊肥皂，伸手過來把肥皂擦在我光滑無毛的胸部。在他滑溜的手指下，我的乳頭立刻硬了起來，他的觸摸使我燃起慾火。我的陰莖很明顯地因為情慾衝動而彈動起來，他在我面前單膝跪下。

滿是肥皂泡沫的手滑過我光滑而平坦的腹部，到了我正在等待的陽具，我往後靠在蓮蓬頭噴灑的水花下，讓他洗我悸動的性器。

「你的陰莖好美。」他嘆息道：「硬得像石頭一樣。」

我入迷地看著他把手伸下去，開始拉著他半挺的陰莖。我簡直無法相信我正站在我爺爺的健康俱樂部浴室裡，讓一個男人一邊自慰、一面洗我的雞巴。

「我想要吸你的屌。」他說著，用水把我胯間悸動的肥皂泡沫沖乾淨。「我想嚐嚐你肥美多汁的大屌。」他說著把我抖動的八吋長肉柱一口含了進去。

吸我的巨根讓他興奮莫名，他開始很用力地打著手槍，一面把我的陰莖抽出來，只剩下我的龜頭被他含在他柔軟而吮吸不停的雙唇之間。他的嘴緊含著我陰莖龜頭後面的冠狀溝，我分泌出來的汁液流在他滾燙的舌頭上。他的舌尖不住地舔我的馬眼，而且盡量想鑽進去。

他大聲呻吟著到達了高潮，巨大的性器向前射出好多的精液，而他繼續不斷地呷弄舔舐我的龜頭，他那種專注就如正在品嚐美酒一般，我看著他的精液由他的龜頭大量噴射出來，被水沖進溝裡。

他把我的龜頭放開，由我堅挺的陰莖下方一路往下舔到我有毛覆蓋的陰囊。他狂熱地喘息著，把我一對大大的睪丸全含進他貪婪的嘴裡，毫不留情地用他那神奇的舌頭舔著，好一陣子之後才鬆開了口，用他的手握住我年輕的陽物上下套弄，我感到我的精液沸騰起來，急待釋放。

「啊，好爽，舔我的卵泡，用手幫我打得再用力一點。快一點！對，再快一點！」我不相信自己會跟一個完全不認得的陌生人說這樣的話，可是我實在控制不住自己。

「啊，媽的，我要出來了。再快一點，讓我射出來。」

我的兩腿顫抖，把一波波像牛奶一般的精液噴射在他多毛的胸膛和肩膀上。射出來的量之多，使他為之驚歎。他把我最後一滴象牙色的精液由我有點發紅的馬眼裡擠了出來，在他的手指和拇指之間搓弄，好像他被我射出時的樣子迷惑住了似的。一直到他聽到外面傳來了腳步聲，才猛然從他陶醉的狀態中清醒過來。

我退到一邊，讓他把我們火熱接觸的證據由他身上清洗乾淨。他在我屁股上拍了一下，抓起他的毛巾就匆匆地走了出去。

爺爺去開會前幫我安排了一個按摩師，我從來沒按摩過，所以急著想試一下。

約瑟夫是個很好看的年輕人，年紀和我差不多大，滿面笑容地接待我，他的身材高大健美，讓我一見就動心。

「你想必是尼可拉斯吧。」他很有禮貌地問道。

我被他俊美的外表震懾得說不出話來，只點了點頭。

「我一直在等你，」約瑟夫說著扶我躺在他的按摩檯上，「就這樣仰臥著，全身放鬆就行了。」

我躺了下去，發現他對我腹部以下毛巾突起的部位很有興趣，差點沒嚇死。我很想告訴他，我前面今天已經受到相當多的注意了。不過我當然沒有說。而是躺好，順其自然。

那個房間相當小，也很隱密。約瑟夫在門上掛了塊「使用中」的牌子，以免受到打擾。他在兩邊手掌裡都倒上有香甜味的油，走到檯子邊。油在他修長的手指上閃著光，相當引人遐想，我真有點等不及要他開始。

約瑟夫先按摩我的頸部和肩膀。他的兩手如有魔力，讓我覺得像飄浮在雲中。

「這樣就對了，放鬆。」他說，他那低沉而充滿男性魅力的聲音愛撫著我的耳朵。他將兩手順著我的手臂向下摸，「讓全身的緊張由你指尖流出去。」

他動作優雅地走到檯子一頭，塗了油的手從我的肩膀往下到光滑而鼓突的胸部。

他的手讓我覺得很溫暖，我的乳頭很快地就挺了起來，而他用拇指和食指搓撚著。

「我很少有機會替像你這麼年輕的客人按摩。」

我沒有應聲，約瑟夫這話說來好像只是在說他心裡的感觸。

他那有如愛撫般的手放開了我的乳頭，集中在我堅實平坦的腹部，我感到他的手指滑進了毛巾底下，讓緊裹我細腰的毛巾略為鬆開。他感受到了我的緊張。

「放鬆，讓你僵直的感覺滲到按摩檯去。」他用像唱歌般舒服的聲音說。

他又倒了些油在他手掌心裡，然後站在按摩檯的腳邊，開始按摩我的雙腳，我的陰莖彈跳起來。

「你的腳好美。」他說：「很長而窄，你知道人家怎麼說腳長的人嗎？」

他把我的腳抬起來，偷看了一下毛巾底下，俊美的臉上露出笑容。

「顯然他們說的是真的。」

約瑟夫繼續按摩我的腿，上上下下，按著我多毛長腿的小腿肚。每次他把我的腿彎起來，我的毛巾就在我大腿上往回滑退一點，我相信現在他已經能好好地看到我的老二了。他走到按摩檯旁邊，用他溫暖的雙手順著我的大腿往上摸，一直到我的胯間。我注意到他寬大的白褲子在胯間很明顯地隆了起來。

我感到他輕輕地將我腰間的毛巾拉開，讓我赤裸裸地躺在那裡。約瑟夫的手指撫過我的大腿，偶爾用油油的指尖摸著我光滑的陰囊。我沒有想到的是我的陰莖在經過那樣兩次之後，還在他的愛撫下有了反應，好像充滿了慾望，又再度昂然挺立。

「我想你正面已經做完了。」他說：「翻過來俯躺著吧，讓我按你的背。」

我翻轉身子俯臥著，約瑟夫又繞到了我頭這邊，我瞪著約瑟夫的陰莖在那拘束著它的尼龍監獄裡悸動著，不禁對他顯然很不舒服感到同情。我羞怯地伸出手去，解開了他短褲前面的釦子，放他那可愛的陽具自由，那根六吋多長的肉柱前端已經分泌出汁液。我拒絕不了這種誘惑，往前挪了一點，把他悸動的陽物含進嘴裡，用舌頭不住舔舐。

約瑟夫又再從我的肩膀開始，一路按到我的脊椎，再往下到我的腰眼。然後往手上倒了些芳香的油，開始按摩揉捏我結實渾圓的屁股。天哪，他這樣讓我好亢奮。

約瑟夫把他的雞巴從我貪婪吮吸著的嘴裡抽退出來，站到按摩檯側。我急忙反過手去握住他的肉柱，開始幫他打手槍。

約瑟夫把我的兩股扳開，露出探藏其間的股溝。一根手指滑進我的股溝裡，按向我深紅色的屁眼。我摒住呼吸，那根手指刺進我後庭開口的那一圈肌肉，短促的喘息聲自我喉間逸出，因為緊接著他那根溜滑的手指深深地插進了我的屁股裡。

那種感覺好特別啊，既不是疼痛，也並不特別讓人有快感，只是很怪異。他的手指就像他的陰莖似地操著我那還是處女地的小洞，我對他這樣的做法有很複雜的感覺，可是我和下午其他時候一樣，完全被動，再一次把我自己交給更主動的對方。

我被夾在自己身體和墊在下面的檯子之間的陰莖也急待照顧。約瑟夫一面搓揉我的兩股，一面把我的陰莖往後，從我的大腿之間拉了出來。他的手指從我已經被他弄得很滑的臀孔中抽退，卻將我的雞巴壓進我的股溝裡。他把我的龜頭頂在滑滑的洞口，再將我火熱的龜頭慢慢塞進我又緊又小的屁股裡。那種快感令人難以形容，我幾乎當場射了出來。我慾火高張地呻吟著，把臀部抬高，求他把我的陰莖更多塞一段進去，約瑟夫盡我粗大陰莖能達到的程度達成了我的欲望。他用手壓住我那彎曲的陰莖，讓我的性器前後微微滑動，使我感到頭暈耳鳴，亢奮無比。

除了我那根悸動的陽具和我被撐大的屁眼之外，我整個身子都麻木了。在這個時刻，只有那兩部分才存在，我從來沒有過這樣的經驗，也從來沒有夢想過可能會有這樣的感覺。

我顫抖的呼吸都變成呻吟，我狂喜的高潮時刻隨時會來臨。那就好像我的陰莖是個插頭，而我的屁眼是個插座，當正負極接通時，火花便四濺開來。

我備受折磨的睪丸收緊了，我發現自己無法呼吸，就好像我被慾望淹沒，我越來越逼近高潮，我的陰莖開始抽搐。

「我快要出來了。」我喘息道：「約瑟夫，好爽啊。」

我的大屌不住壓縮，使我柔軟年輕的屁眼裡充滿了我一波波滾燙濃稠的精液，然後再滿溢出來。我的身子不住顫抖，精液由我屁眼溢出，流到我滑溜的陰囊上，再滴落下來。

約瑟夫將他的陰莖由我手裡抽出去，開始自己很用力地打著手槍，幾乎馬上就到達了高潮，他的身體沈重地靠在按摩檯上，把他毛茸茸的陰囊裡貯藏的東西射在我光滑如絲絨，卻火燙的屁股上。

我的高潮漸漸平息，只覺得精疲力竭，全身虛弱，陰莖很快地軟化縮小，龜頭也由我屁眼裡脫了出來，約瑟夫很熟練地把最後殘餘的一些乳白色的精液由我的馬眼擠了出來，而我則深信我已經發現死後上天堂是什麼樣的情況。

我在大廳和爺爺碰頭，他很開心地宣佈經理事會無異議通過我成為這個俱樂部的最新初級會員。我盡量表示出熱烈的反應，但很可惜的沒能成功，我實在是累得沒力氣去慶祝，甚至差點沒體力走回車上。

「這就是今天你們這些年輕人的問題。」爺爺一副不屑的表情說：「軟弱，懶惰，才運動一下子就垮掉了。再多來幾次俱樂部，應該可以把你身體練好了。」

我看看爺爺，微微一笑。他根本不知道是怎麼回事。

還是說，他很清楚是怎麼回事？

# 農場3P教慾講座

**農場男孩白天幹粗活，晚上也要「幹粗活」。但是，只有兩個人，似乎依然太寂寞……**

「霍金斯！」我搖下後座和司機間的隔窗玻璃：「我們為什麼在這裡停車？」

司機把車停穩，僵直地轉過身來。

「這就是哈利曼府上所住的地方，少爺。」

「不對，不可能的，你一定弄錯了。」

「恐怕沒有錯，少爺，」我由後視鏡裡看到霍金斯窄窄的臉，我敢發誓說他正在暗地裡偷笑。「令堂大人說得很清楚。」

「不對，絕不可能——」那棟房子的門開了，而我的心沉了下去。我認得哈利曼太太雷琴娜，因為我母親書房裡的相簿中就有她的照片。怎麼會有這種事呢？她和我母親是同班同學，都是瓦沙女子大學畢業的，到現在兩人還是好朋友。這個女人還是以很優異的成績畢業的呢，我的老天，她怎麼會住在一個……一個農場上？一定是什麼人在開玩笑。

「安東尼，」哈利曼太太走到轎車邊：「歡迎光臨白門農莊，我真高興你能在家人到歐洲去的這段時間，在我們這裡過一個暑假，我們真的希望能多認識你。」

「呃……謝謝您，哈利曼太太。」我下了轎車，四下看看，我沒看到網球場，也沒見到游泳池。事實上，什麼都沒有。極目所及，全是田地，種著各式的作物，還有一大群味道難聞的家畜。如果這是我媽開的玩笑，我覺得一點都不好笑。我知道她對我撞爛了保時捷跑車的事（可是那不是我的錯），還有我哈草賣草被逮（我又不是為了賺錢）的事很不高興，可是如果她希望用這個方法來處罰我的話，未免太過份了。家裡其他的人都去法國南部度假，而我得在這個鳥不生蛋的地方關上三個月？我才不要呢！我轉身準備回到轎車裡，可是霍金斯已經把我的行李由車後的行李艙裡拿了出來，準備把車開走。

「霍金斯，等一下！我——」

「好好享受你的暑假，少爺！」他踩下油門，我還來不及攔住他，車子已經開出了鋪著鵝卵石的車道。在引擎聲外，我還聽得到那個混蛋的笑聲。我媽沒收了我的信用卡，寄來給我用的錢全由哈利曼太太來控制。我這下慘了。

「彼德！李查！來見見安東尼。」我轉過身，望著草坪那頭剛由屋子後面轉出來的兩個農場工人。兩個人都光著上半身，走在前面的一個是金髮，另外一個的頭髮則像銅的顏色。兩個人都曬得很黑，全身很髒，還有淋漓的汗水。那個金髮小伙子看起來好像能毫不費力把電話號碼簿一撕兩半；紅頭髮的那個雖然不那麼壯碩，卻也滿身肌肉糾結。看他們倒是能讓人賞心悅目，不過我實在很難想像我們之間能有什麼共通的地方。我淡淡地微笑著，雖然不明白她為什麼要把我介紹給她僱用的長工，卻決定還是要保持禮貌。

「安東尼，這是我兒子彼德，還有他最好的好朋友李查。」

「是令郎？原來如此。」我更仔細地看了看那金髮小伙子，他的眼睛長得真像他母親，顯然她說的是真的。我上下打量著他，從他的外表看來——粗壯的胳臂、寬厚的胸部、漂亮的六塊腹肌——想必附近有一座設備齊全的健身房，這點至少讓我不無安慰。也許這些器材都在主屋裡，而不是在這看羊人茅屋的附近。

「很高興能認識你，東尼，叫我阿德就好了。」他伸出好大一隻巨掌，我有點遲疑地看了看，然後才伸出手去。他那一握差點捏碎了我的指關節。

「我叫安東尼，」我更正道：「幸會，彼德。」他細瞇起眼睛，臉上的笑容也消失了。我覺得他不喜歡我。

「好吧，」他放開了我的手，指了下那個紅頭髮的，「這是李子。李子，這位是『安』東尼。」他把我名字的第一個字說得特別用力，而且說得讓人聽起來像女孩子的名字。李子用力地點了點頭，兩手始終深深地插在口袋裡。

「你們兩個幫安東尼拿下行李吧？」哈利曼太太說，她的話語使我在那兩個站在我面前的痞子所造成的冰冷氣氛裡感到一絲溫暖。「你們帶他熟悉一下環境，彼此也可以熟識一點。」

「謝謝您，哈利曼太太。」我拿起我的網球拍，等著他們帶我去我的房間。阿德和李子互相看了一眼，然後看看我的大小箱子。阿德抓起我的大箱子揹在背上，就好像那是個羽毛枕頭似的，李子也同樣輕鬆地提起我其他行李，很快地往後走。

「這邊，安東尼。」阿德吼了一聲，繞過小農舍前面寬大的門廊，沿著旁邊的小路往後面走去，謝天謝地！客人住的套房不在這間小屋子裡。想必是在正屋吧。不靠著路邊，而是在後面遠處的樹叢裡。也許情況並不如我所擔心的那麼糟……

「這是什麼？」我問道。呆站在路上。我們站在一間像雨棚似的建築前，旁邊則是一座看來像穀倉的東西。那兩個鄉巴佬很隨便地把我的行李丟下，轉過身來對著我，兩臂交叉在他們赤裸的胸前。

「這裡，安東尼，叫做宿舍。」阿德嘻嘻笑著說：「也就是我們睡覺的地方。老媽幫我和李子弄的，好讓我們在上大學之前的最後一個暑假裡可以有我們的隱私，不被打擾。」

「啊，可是……」我瞠目結舌，心裡充滿了恐怖地四下環顧。「你們真的睡在這裡？」

「我們他媽的當然睡在這裡。」李子朝我走過來，右手的食指像把槍似地指著我胸口，我不自覺地注意到那片蔓生到鎖骨的古銅色胸毛，在下午的陽光中閃閃發亮。他的乳頭很大，卻和他嘴唇一樣是粉紅色的。他滿身汗味，這種強烈的酸味讓我鼻翼為之鼓動。他的兩眼比我們頭上的天還藍，閃著勉強忍住的怒火。

「我不知道你住的地方有什麼樣的規矩，可是在這一帶，一個男的只要滿了十八歲，就會想獨立，要有自己的地方。所以除非說你怕黑，還是說不會自己擦屁股，否則你就只有乖乖地待在這裡。」

「說話不必這麼粗魯無禮。」我反唇相譏道：「我——」

「你何不先換下衣服，然後我們就可以開始教你了。」阿德插了進來，他橫身到李子和我之間，伸手圍住李子的肩膀，他的手指握住那紅髮小子粗而結實的脖子。李子的睫毛煽動著，臉頰飛紅。

「我們在穀倉等你。」阿德轉過身就走，李子緊跟在他的身後。我聽到李子低聲地說了句什麼，阿德笑了起來。

我一點也不喜歡這裡的一切。

我提起我的一個箱子，小心地走進了那間所謂的宿舍。那是個很大的房間，分別放了三張床和三組桌椅，我很快地看了下那個地方——沒有電話，沒有電視，沒有傳真機，不過至少有間浴室，裡面還有水龍頭。我還真意外地發現原來我不必從井裡打水，用柴生火來燒水。這裡簡直就是一場惡夢！

「呃，我來了。」幾分鐘之後，我站在穀倉門口大聲地說。我有點懷疑地看看阿德和李子，「你們到底要開始教我什麼呀？」

「見什麼鬼啦！」李子望著我，一臉驚訝的表情，「這麼盛裝幹啥？」

「盛裝？」我低頭看了看我身上雪白的網球短褲和杏子色的背心。我看起來滿好的，這個鄉巴佬顯然是在嫉妒我。「我只是想等我忙完了——不管我該做的是什麼鬼事情——之後我們可以打一場網球。」

「跟我來，」阿德說著，緩緩地搖了搖頭，「我正要教你怎麼清理馬廄。」

「清理馬廄？」我完全不知所以。

「好好注意了，安東尼。」李子竊笑道：「說不定你能學會點有用的東西。」

「啊啊——」我把兩手伸在自己面前，眼淚不住地由我臉下淌下。兩手手掌上的水泡又大又痛徹心肺。全身上下都痛——兩手、兩臂、肩膀、背部——全身都無一倖免。在過去五個小時裡，我一直在用鏟子清除馬糞，用消毒藥水洗馬廄，再鋪上乾淨的稻草，而且我必須自己去倉房裡把又大又重的稻草一捆捆拖出來。阿德和李子也忙了一個下午，但他們似乎對那些可怕的苦工無動於衷。回到住處之後，我已經累得只能坐在床邊，幾乎動彈不得，李子卻還能趴在地上做起伏地挺身來。我真擔心我的兩臂以後再也無法正常作用了。

「來吧，安東尼，該去吃晚飯了。」阿德剛由浴室出來，頭髮還是濕濕的，一條毛巾圍在他的腰間。我仍然彎腰坐在床邊，眼淚因為憤怒和疼痛而流個不止。

「我連鞋帶都沒法解開，」我哭著說，把我可憐的受傷兩手伸了起來，「我的手指都麻木了。」

「啊，媽的！」阿德朝床邊走過來，我嚇得往後躲，怕他會因為我在他命令我時對他回嘴而有所報復。可是他只是抓起了我的腳踝，車轉身子，跨在我腿上。他把我的腿抬高，夾在他兩條強壯的大腿之間，然後開始動手解開我的鞋帶。在他彎下身去時，毛巾縮了上來，讓我看到他雪白而渾圓的屁股。我的視線順著他的股溝往下看到他的睪丸，又大又沉地懸垂得很低，裝在像用乳白色綢緞做的陰囊裡，我的一隻鞋和襪子落到地下，然後我的另外一條腿又同樣地被他肌肉結實的大腿夾住。這回我不僅看到他的睪丸，同時還感覺到有什麼滾燙的東西靠在我皮膚上——我猜想這個東西就是他大屌的前端。我的心跳得快了起來，計算了一下從他胯下到他雞巴碰到我大腿上側之間的距離。那可不是普通的長。

「站起來，」阿德叫道，聽起來就像是部隊裡專門磨練小兵的班長。我抬眼看看他。他身材真是健美——胸肌鼓突，遍佈胸毛，兩臂的肌肉即使在放鬆的狀態下也很大。我站了起來，他解開我的皮帶，再鬆開我短褲腰上的釦子。我的短褲落下去，在我腳踝邊皺成一團，原先雪白的短褲已成為滿是汗漬和塵土的破布。我掙扎著脫不掉背心，最後還是阿德看我可憐來幫我將背心脫了。那織得很精細的絲綢料子抵抗不了稻草的撕扯。然後阿德不待我說什麼，就把兩根大拇指勾進我內褲的褲腰，一把拉了下去。我全身赤條條一絲不掛地站在他面前，疲累得什麼都不在乎了。

「沖個熱水澡對你瘦疼的肌肉會大有幫助。」阿德用柔和的語氣建議道。我哼了一聲，全身僵直地蹣跚走向浴室。「嗨，安東尼！」我轉過身來看著他。「以一個新手來說，你清理馬廄的工作幹得不壞，明天我們帶你去給圍籬打樁。」

「聽起來很不錯。」我關上了浴室的門，身子靠在門上，瞪著洗臉槽上方鏡子裡照出的身影，我看來真是一團糟。我碰了下右邊的大腿，阿德在替我脫下內褲時，他的指節劃過的地方仍然讓我有點發熱的感覺，不知道是什麼緣故，我竟然勃起了。什麼打圍籬的樁！

我在半夜醒了過來，全身肌肉僵硬，所有的關節都在痛。我聽到左邊有些聲音傳來，是阿德的床那邊。我睜大了眼睛望過去，差點忍不住叫了起來。

李子正跪在床頭，兩腿分得很開，小腹向前挺伸。阿德——那個高大健壯，肌肉發達的阿德——俯躺著，整個臉埋在李子的胯間。李子的頭向後昂著，手指插在阿德金色的亂髮裡，阿德的巨掌緊抱著李子的屁股，一面呻吟著，一面在吸那紅頭髮小子的屌。

我的心猛烈地跳動，兩眼緊盯著在我眼前上演的這場激情好戲。在我高中快畢業的時候，有天晚上曾經跟兩三個一起上體育課的同學在淋浴間裡自慰過，可是我從來沒碰過另外一個人的雞巴。想要做這種事的念頭已經纏繞了我幾個月，可是我既沒這個膽子，也沒機會做這種事。感覺上這種事非常奇怪。可是這兩個人所做的顯然不只是碰觸而已，比那樣多得多了。

我簡直不敢相信我的眼睛，阿德抬起頭來大口地喘息，讓李子的那根大屌往上彈起，啪地一聲擊打在他的小腹上，龜頭前端大約高過他肚臍兩吋左右，脹大得像一顆杏子，而阿德從李子那對毛茸茸的大陰囊一直往上舔到他的馬眼。阿德把那根大雞巴握在右手，我看到即使是他那樣又粗又長的手指也沒法在陰莖的另一邊相接。

阿德開始將他的舌頭伸進馬眼裡去，而李子則俯過身來，開始玩著阿德的屁股。我看到李子的手指伸進阿德的股溝裡時，阿德的兩腿往外分得更開，兩股不斷地收緊又放鬆。李子的上身更往前俯，朝那裡吐了口唾沫，然後他手臂的肌肉緊繃，而阿德的身子彈跳起來，又一口將李子的陰莖含進嘴裡。

等阿德再抬頭喘氣時，他伸直了兩臂，把頭抬高到李子的面前。他們彼此對望了好一陣，然後阿德伸出舌頭來，開始舔著李子的嘴唇。李子靠了過來，也伸出舌頭，和阿德的舌頭相接，然後他們的頭湊到一起，嘴緊緊地相貼。兩人的手都上下飛舞，急切地撫摸著對方的每一吋肌膚。

我始終躺著沒有動彈，但是我的老二卻脹大到疼痛的地步，我悄沒聲息地把手往下伸到我兩腿之間，用手掌摩擦著在龜頭冠下方的那一叢敏感的神經。一陣燥熱流遍了我的全身，讓我忘記了全身肌肉的痠痛。

阿德和李子還在接吻，不過阿德不再是趴在床上，他坐在李子的大腿上，兩腿圈緊了那紅頭髮小子的細腰，他粗大的屌豎立在他倆結實平坦的小腹之間。李子仍用手指在撥弄他哥兒們的股溝，阿德開始上上下下地抬動身子，好像他坐在一座蟻丘上。然後他的大腿肌肉拉緊，很酷地抬起身子，抓住了李子的陰莖，對準他睪丸後面的某一點。他慢慢地坐了下去，沉重地呼吸著，頭抵緊了李子的肩膀，他臀部和兩腿的肌肉全都拉得緊緊的。李子把他的小腹直朝上頂，一面舔著阿德的頸子，一面用手撚著阿德的乳頭。這真是我這輩子所見過，最叫人慾火中燒的場面。

等阿德把李子的那根大肉柱全塞進他身體裡之後，就伸出兩手摟著李子的頸子，往後倒去，最後他以肩膀撐著全身，兩腿高舉在空中，而李子則壓在他身上。李子用兩手兩腳撐在床上，開始抽送，起先很慢，然後速度越來越快，最後我都聽得到他的睪丸撞擊在阿德臀股上的聲音。我配合著他們的節奏，開始在床單下自慰起來。

看著李子的雞巴在阿德的屁眼裡來回抽送，實在令人感到驚異。他的小腹往上高高抬起，由窗外射進來的月光照在他又粗又長的陰莖上，閃亮發光；而阿德則發出充滿情慾和快感的呻吟。阿德伸手去摸自己的陽物，但李子卻把他的手打開，把頭低下去，伸到阿德的兩腿之間，一口將他的老二含住，開始用力地吮吸起來，而他自己平順而穩定的抽送節奏絲毫不曾受到影響。

顯然阿德已經快要出來了，他的兩臂攤放在床上，頭往左右搖擺，李子毫不留情地繼續操著他，阿德的呻吟越來越大，夾雜著對李子有鼓勵作用的叫聲，李子的動作變得暴烈起來，他的胸口起伏，汗水由他肩膀和背上流了下來。他前後挺突的小腹因為速度加快而成為一片模糊的影子。緊接著他的全身僵直，全身一動也不動，只有屁股的肌肉一再收緊又放鬆，把他的精液一波波射進阿德的屁眼裡。阿德號叫著，全身抽搐，顯然也在射精，等到阿德精疲力盡地蜷成一團，喘息不定時，我還聽到李子在吸著吞著和咂嘴的聲音。我自己也和他們同時到達了高潮，把精液射進我手掌裡。

他們交纏在一起躺了好久，然後阿德走進浴室，而李子溜回我們三人合住的這間房最靠邊的床上去。我靜靜地躺著，每根神經都在顫動，腦子裡像走馬燈似地轉個不停。等李子和阿德都在他們自己的床上鼾聲大作之後，我還久久地不能入眠。

好幾個禮拜過去了，我所有的僵直與痠痛都消失了——只除了我兩腿之間。李子和阿德像農場上其他的動物一樣飢渴，每晚相幹，有時還不只一回。在白天的時候，他們看來就和其他只是朋友交情的人沒有什麼不同，但是到了晚上——那就要小心了！這事讓我發瘋——他們以雞巴和屁眼相互連接的畫面——不但讓我在醒著的時候隨時都會想到，甚至還侵入我的夢中。

我甚至沉迷到會跟蹤和偷看他們的地步。農場上沒有池塘，但是在流過農場一角的那道小河邊，卻有個可以游泳的地方，他們習慣在上午工作完了，我去午睡的時候，到那裡去涼快一下。我表面上告訴他們我去午睡，其實我都會偷溜出去，躲在河岸一叢矮樹下，偷看他們游泳、曬太陽，還在那裡拚命互操。我已經對被他們摒棄在外的情形認命了，所以只有讓自己變成一個偷窺的旁觀者。

昨天還是相同的模式，至少一開始是如此。我溜出了宿舍，繞到小河邊。等我到達了偷窺的地點，我脫光了衣服，蹲在樹叢裡，看著他們結實而被曬黑的身子在河裡游泳和打打鬧鬧。等他們爬上岸，躺在我對面的草地上時，我開始自慰，急切地等著好戲上場。只不過今天他們好像只想相談而不想相幹。

「你覺得怎麼樣？」阿德說著，靠過去吻李子的肩膀。

「什麼怎麼樣？」李子用手抓著他的睪丸，把頭在阿德的手臂上摩擦。

「你知道，他嘛，安東尼。」

「不怎麼樣，」李子不屑地說：「為啥要問這個？」

「他滿騷的，」阿德回答道：「他的身材不錯，很結實，還有個漂亮的屁屁。」

「哼！」李子一點也不動心，他靠過去舔著阿德右邊的乳頭，在阿德的胸口留下一道口水印子。我的雞巴在我手裡跳動。

「我告訴你，兄弟，他讓我挺興奮的，別跟我說你沒注意到他的那雙腿，而且我很清楚從他到了這裡，開始拖那大捆的稻草之後，他的胳臂也粗了不少，我敢打賭他兩頭都比全新的橡皮圈還緊，也許哪天我們該叫他來加入我們。」

「我不知道，阿德。我總覺得那小混蛋冷得像個冰袋。反正，我很確定他恨我恨得要死，至於另外——」

「哎——喲喂呀！」我腳下的土石突然坍塌，我也跟著沿泥濘的河岸一路跌了下去，掉進小河裡，發出很大的水聲。李子和阿德愣坐了一陣，等看清楚是我全身赤裸，滿是泥巴地趴在他們對面時，就哄然大笑起來。

我嚇呆了，躺在那裡，怕得要死，而他們兩個從對岸朝我游了過來。我掙扎著站起，只想到趕快逃走，躲起來直到老死。可是他們抓住了我，不讓我動彈，他們長了繭的手在我身上四處撫摸，我起先憤怒地掙扎著，後來才發現這種情形有多滑稽，就開始大笑起來。阿德和李子也和我一起大笑，我們之間那種緊張的情緒頓時瓦解。我們開始角力，結果弄得我們三個人都滿身是泥巴。然後我們跳進河裡，互相幫對方洗乾淨，這時大家百無禁忌，什麼地方都摸過了，我也有生第一次握到別人的雞巴——而且是一次一雙——我的手伸出去，兩個人都被我抓住。

接著我們涉水到對岸長著草的那塊地方，躺在陽光下。阿德轉過身來吻我，我也回吻了他，將他緊緊抱著，感覺他的熱和力量。小李趴到我們之間，開始吸我們的屌，很快來回輪替地吸著，喚醒了我心中以前從來沒有想像過的感覺。

阿德跪在我頭上，他那對大大的睪丸垂在我臉上，我張大了嘴，將它含進嘴裡，只感到沉沉地壓在我唇上，陰囊的皮膚柔軟光滑。我舔著他雪白渾圓的兩股，看到他的屁眼緊緊地縮起，一片粉紅，好似一朵野玫瑰，似乎連一支鉛筆都插不進去，更不用說小李那根碩大無朋的巨屌了。而且股溝像他的陰囊一樣光滑無毛。我聞了下，一種讓我沉醉的氣味從我的頭直通到足趾。

等阿德把他的陰囊從我嘴裡拉脫之後，他往前挪了下，把他的屁眼對準了我的嘴，我毫不遲疑，只伸出舌頭開始舔著，讓我的舌頭在那火熱的洞口來回舔弄，然後往裡伸進去，直伸進阿德飢渴的後庭。

小李仍然狂熱地吮著我的雞巴，同時開始用他硬直的手指探進我屁眼時，我並不驚訝。他顯然喜歡操人後庭，而且似乎很想要我。讓我想不到的是，我竟然心甘情願地準備讓他試試。我實在不知道自己是不是能承受那麼巨大的東西，可是我實在太興奮了，也沒對他說他不能做這種事。

第一根手指毫不疼痛地插進我體內，接著第二根、第三根手指都插了進去。他開始抽送，不住地以他的指尖頂我的前列腺，給我帶來非常特別的感覺。我像發狂了一般抽搐痙攣。

他們兩人讓我平平地仰臥著，夾在他們之間，小李的陰莖指著我的屁眼，阿德的則對準了我的嘴巴。他們兩個都抓著我，同時往前衝刺，在前後兩端進入我的體內，這簡直叫人難以相信，美妙無比。我兩邊的處女地同時被攻佔，卻完全沒有一絲疼痛之感，只讓我漂浮在歡愉與快感的雲霧裡。

接下來的幾分鐘是我這輩子感覺最強烈的時刻，我被兩個人無限的性慾與精力夾擊。我的兩腿搭在小李的肩上，他一面揉擦著我的大腿，一面把他那根巨大硬挺的陽具在我的洞裡來回進出。阿德則在操著我的臉，他的睪丸在我鼻樑上滾上滾下。他的陰莖起先嚐起來有河水的味道，然後強而有力的性感氣味充滿了我的嘴裡。每當他往前衝刺時，他的龜頭就直伸進我的喉嚨裡，等他抽退時，我的舌頭則捲住他悸動的陰莖，將它頂在我的上顎。我有如置身天堂。

我伸手想自慰，但阿德把我的兩手壓住，然後低下頭來，把我整根肉柱吞了進去，他的鼻子埋進了我的陰毛叢中。這使我的屁眼縮緊，其結果是使小李衝刺得更用力，這又讓我更狂熱地吮吸阿德的雞巴，每個人的精力都轉進另外一個人體內。不久之後，我們全都要爆裂開來了。阿德最先出來，他開始把精液射進我嘴裡時，使我大吃了一驚，我幾乎被嗆到，然後才很快地調適好，開始吮吸，把那又濃又燙的液體在嘴裡翻動，再吞嚥下去。阿德用牙輕咬著我的陰莖根部，讓我頸後一陣酥麻，也使我迅速達到高潮，正好小李也停止了抽送，發出一聲緊張的輕叫，他巨大的陰莖脹得更大，開始悸動著，摩擦著我愛之祕道的內壁，將一波又一波的精液迸射出來，充滿了我的體內。整個感覺非常強烈，我們三個人全都失落在自己的高潮中。然後我們的動作慢了下來，三人全都軟癱成一堆。

「嗨，安東尼，」小李說著把他枕在我肚子上的頭抬了起來，像做夢似地看著我。

「感覺怎麼樣？」

「很差，謝了。」我回嘴道：「慘的是，我兩條腿恐怕再也併不起來了。」

「別擔心，安東尼，你還會和以前一樣緊的。」阿德把身子調轉過來，仰面躺著，也把頭枕在我肚子上。

「那就好。」我伸出手去撫摸他們兩個。「兄弟們，幫個忙好嗎？」

「比方說什麼呢？」小李舔著我的屌。

「比方說忘掉什麼安東尼那一套，就只叫我做東尼。」

「東尼？」小李試著叫了一聲。

「東尼，」阿德回應道：「好性感的名字。」

「對呀！」小李同意道：「單是叫一叫就讓我興奮起來。東尼，東尼，我認得個小子叫東尼，讓人一見就想操你。」

「媽的，我碰到叫東尼的小子，就會要他操我的屁屁。」阿德也跟著唱道，一面伸手去抓我的陰莖，我們三個換動了下位置，插進某些洞裡，又開始重新擺動起來。

國家圖書館出版品預行編目資料

**開洞吧，男孩！ / 季安揚輯譯.**
- 初版. 一台北市：基本書坊出版, 2012.12
208 面； 13*19 公分. --（硬樂園系列；C005）
ISBN 978-986-6474-37-8（平裝）
857.61 101022758

硬樂園系列 編號C005

# 開洞吧，男孩！

**季安揚** 輯譯

責任編輯 ZOI
封面設計・攝影 Mr.Naked
視覺構成 孿生蜻蜓

企劃・製作 基本書坊

編輯總監 邵祺邁
首席智庫 游格雷
業務主任 蔡小龍
行銷企劃 小小海
系統工程 登山豪

通訊 11099台北郵局78-180號信箱
官網 gbookstaiwan.blogspot.com
E-mail PR@gbookstw.com
劃撥帳號：50142942 戶名：基本書坊

總經銷 紅螞蟻圖書有限公司
地址 114台北市內湖區舊宗路2段121巷28號4樓
電話 02-27953656
傳真 02-27954100

2012年12月20日 初版一刷
定價 新台幣260元



ISBN 978-986-6474-37-8